LES
HYPOCRITES,

II. NOVVELLE
DE Mr SCARRON.

A PARIS,

Chez ANTOINE DE SOMMAVILLE,
au Palais, dans la petite Gallerie des
Merciers, à l'Escu de France.

M. DC. LV.

AVEC PRIVILEGE DV ROY.

A MONSIEVR
DV RINCY.

ONSIEVR,

Ie suis bien hardy de vous
dedier vn Liure, à vous qui
estes né auec vn esprit libre &
courageux ; qui ne déguiseriez
iamais vos sentimens, si vous

EPISTRE.

les croyiez iustes; & qui seriez
le premier à dire que ie vous
aurois fait vn mauuais present, si mon Liure ne valoit
rien. Au moins suis-je asseuré,
que le commencement ne vous
en a pas déplu, & qu'ainsi ie
n'aurai pas perdu tout le temps,
que i'ay employé à y trauailler; mais ie ne sçay si le Libraire y trouuera aussi bien son
compte. Vn ouurage qui aura
vostre approbation, aura sans
doute celle des honnestes gens:
mais ceux qui ne le sont pas,
l'emportent souuent sur eux à
la pluralité des voix, & à
force de crier, & quelquesfois

EPISTRE.

le destin d'un bon Liure depend
du peuple, qui est si sot que
i'en suis honteux. Cette seconde Nouuelle n'est pas enjoüée,
comme la premiere ; mais aussi
il n'y a rien d'emprunté, ny qui
ressemble à vn conte de peau-
d'asne ; & pour moy ie vous
auoüe que ie l'estime dauantage. Telle qu'elle est, ie vous
la dedie, parce que ie vous estime beaucoup. Outre que vous
auez infiniment de l'esprit, &
que vous en estes si peu fanfa-
ron, qu'encore que vous faßiez
de meilleurs vers, que ceux
qui font mestier d'en faire, à
peine les communiquez-vous

EPISTRE,

à vos amis, qui vous deman-
dent à les voir, vous estes vn
des plus honnestes hommes de
tous ceux qui m'honorent de
leurs visites. Vous sçauez bien,
MONSIEVR, que tous
les beaux esprits ne sont pas de
belles ames ; qu'il s'en trouue
qui ignorent les loix de l'hon-
nesteté, autant qu'ils sçauent
bien celles de l'Eloquence, & de
la Poësie ; & que beaucoup de
ceux dont les Marmousets coïf-
fez de laurier ou de lierre par-
roissent à la face de leurs Liures, ont porté iusques dans le
froid tombeau (pour parler en
leurs termes) les défauts de

EPISTRE.

leur naissance, leurs vices d'habitude, & la crasse du College. La qualité d'honneste homme se donne souuent au premier venu, & i'ay vne parente qui la donne pour rien, au moindre faquin dont elle parle. Mais ie m'embarque insensiblement en vne Satyre, au lieu d'acheuer ma Lettre en y disant de vous tout le bien que i'en sçay. I'aurois à la verité beaucoup à faire, & peut-estre vous déplairois-je.

Mais, RINCY, deussiez vous cent fois en enrager;

Ie vous diray encore, que vous auez la reputation d'estre fort

EPISTRE.

genereux amy ; que ie me sçay bon gré d'estre des vostres, & que ie fais gloire de faire sça uoir icy à tout le monde que ie suis,

MONSIEVR,

Vostre tres-humble,
& tres-obeïssant
seruiteur,
SCARRON.

LES
HYPOCRITES.

CE fut au temps que la plus agreable saison de l'année habille la campagne de ses liurées, qu'vne femme arriua dans Tolede ville d'Espagne la plus ancienne, & la plus renommée. Cette femme estoit belle, ieune, artificieuse, & si ennemie de la verité, qu'il se passoit des années entieres,

A

ſans que cette vertu paruſt
vne fois ſeulement dans ſa
bouche, & ce qui eſt de plus
merueilleux, c'eſt qu'elle ne
s'en trouua iamais mal ; au
moins ne s'en plaignit-elle iamais. Auſſi mentoit-elle quaſi touſiours auec ſuccés ; & il
n'y a rien de plus vray, qu'v-
ne bourde de ſa façon, a quelquefois merité l'aprobation
des plus ſeueres ennemis du
menſonge. Elle en pouuoit
fournir les Poëtes & les Aſtro-
logues les plus achalandez ; &
enfin cette grace naturelle fut
telle, que jointe à la beauté
de ſon viſage, elle luy acquit
en peu de temps des piſtolles,

à proportion de ſes attraits.
Ses yeux eſtoient noirs, vifs,
doux, bien fendus, braues de
la derniere brauoure ; quoy
que grands fanfarons, côuain-
cus de quatre ou cinq meur-
tres, ſoupçonnez de plus de
cinquante, qui n'eſtoient pas
encore bien verifiez, & pour
les miſerables qu'ils auoient
bleſſez, le nombre ne s'en
pouuoit compter, ny meſme
imaginer. Iamais on ne s'habilla mieux qu'elle, & la
moindre épingle attachée de
ſa main, auoit vn agrément
particulier. Elle ne prit iamais auis de perſonne ſur ſa
coiffure, & ſon ſeul miroir

estoit à la fois son conseil d'e-
stat, de guerre, & de finance,
O la dãgereuse femme à voir!
puis qu'on ne pouuoit s'empescher de l'aymer, & qu'on
ne pouuoit l'aymer long-
temps, & estre long-temps
à son aise. Cette Dame faite
de la façon que ie vous la
viens de depeindre, entra
dans Tolede au commence-
ment de la nuit, & dans le
temps que tous les Caualliers
de la ville faisoient vne mas-
carade, aux nopces d'vn Seigneur estranger, qui se marioit auec vne Demoiselle de
l'vne des meilleures maisons
du païs. Les fenestres estoient

éclairées de flambeaux, & encore plus des beaux yeux des
Dames , & le grand nom-
bre de lumieres auoit rendu
aux ruës le iour que la nuit
leur auoit osté. Les Dames
de moindre condition cou-
uertes de leurs mantes , ne
decouuroient à ceux qui les
regardoient , que ce qu'elles
auoient de plus digne d'estre
regardé. Plusieurs braues, ou
plustost batteurs de paué,
estoient sur leurs voyes, i'en-
tens parler de ces faineans,
dont les grandes villes sont
pleines , qui ne se soucient
pas que leurs bonnes fortunes
soient vrayes, pourueu qu'el-

les soient cruës telles, ou du
moins mises en doute ; qui
n'attaquent iamais qu'en
troupe, & tousiours auec in-
solence, & qui en vertu de
leur bonne-mine, & d'vne
estocade, qui vse leurs chauf-
fes, croyent auoir iurisdiction
sur les vies d'autruy, & faire
mourir toutes les femmes d'a-
mour, & les hommes de peur.
O que les diseurs de dou-
ceurs eurent ce iour-là de
quoy s'exercer, & que l'on
y fit de basses equiuocques !
Vn ieune-homme entre-au-
tres, qui d'Escollier s'estoit
depuis peu fait Page, se surpassa soy-mesme à dire des

sottises deuant nostre Heroï-
ne, & iamais ne fut plus satisfait de sa personne. Il l'a-
uoit veu descendre de son carosse de loüage ; & en auoit
esté ébloüy, & ne s'en vou-
lant pas tenir là, il l'auoit sui-
uie iusqu'à la porte du logis,
où elle auoit loüé vne chambre, & de là partout où l'enuie de voir quelque chose la
porta. Enfin l'Estrangere s'e-
stant arrestée en vn lieu qui
luy parut commode , pour
voir les masques à son aise;
Le Page eloquent paré ce
iour-là de linge blanc, & plus
propre qu'à l'ordinaire, eut
bien-tost lié conuersation

auec elle, qui en auoit bien
veu d'autres. Elle estoit la
femme du monde, qui enga-
geoit auec plus d'adresse, &
de malice vn ieune sot, à hazarder beaucoup d'imperti-
nences. Iugez donc, si trou-
uant en ce Page vn temeraire
parleur, elle ne luy fit pas dire
au delà de ce qu'il sçauoit. Elle l'enyura de loüanges, & en
fit apres tout ce qu'elle voulut. Elle sceut de luy, qu'il ser-
uoit vn vieil Cauallier d'An-
dalouzie, oncle de celuy qui
se marioit, & pour qui toute
la ville estoit en resiouyssan-
ce; qu'il estoit vn des plus riches hommes de sa condition.

& qu'il n'auoit point d'autre heritier que ce neveu qu'il aymoit beaucoup , encore qu'il fuſt vn des plus perdus ieunes-hommes d'Eſpagne, amoureux de toutes les femmes qu'il voyoit, & qui outre les Courtizanes , & les femmes dont il auoit gagné les bonnes-graces par ſa galanterie, ou par ſes preſens, s'eſtoit ſouuent porté à des violences de ſatyre auec des filles de toutes ſortes de conditions. Il adiouſta, que ſes folies auoient beaucoup couſté à ſon vieil oncle , & que c'eſtoit ce qui l'auoit le plus porté à marier ſon ne-

veu , pour voir ſi changeant
de condition , il ne change-
roit point de mœurs. Tandis
que le Page luy reueloit tous
les ſecrets , & toutes les affaires de ſon maiſtre ; elle luy
peruertiſſoit l'eſprit , ſe re-
criant ſur les moindres choſes
qu'il diſoit ; faiſant remarquer à ceux de ſa compagnie
combien , & auec quelle grace il diſoit d'agreables choſes ; & enfin n'oubliant rien
de ce qu'il falloit pour acheuer de gaſter vn ieune-homme, qui n'auoit deſia que trop
bonne opinion de ſoy-méme.
Les loüanges , & les aplau-
diſſemens , que donne vne

belle bouche, font bien à
craindre. Le pauure Page
n'eut pas pluftoft appris à
Helene qu'il eftoit de Valla-
dolid, qu'elle fe mit à parler
auantageufement de cette
ville, & de fes habitans, &
apres s'eftre emportée en les
loüant iufqu'à des Hyper-
boles, elle dit au pauure Page, que de tous ceux qu'elle
auoit connu de ce païs-là,
elle n'en auoit point veu de fi
bien fait, & de fi accomply
que luy. Ce fut là le dernier
coup de lime qui l'acheua.
Cependant, il fallut fe retirer.
Elle inuita elle-mefme l'in-
fenfé de la remener chez-elle,

& il ne faut pas demander si
elle ne luy donna pas la main
pluſtoſt qu'à vn autre. Il ſen-
toit des treſſaillemens de
ioye, qui luy faiſoient faire de
temps en temps des actions
de fou ; & il concluoit en
luy-meſme, qu'il ne falloit iamais deſeſperer de ſa bonne
fortune, quelque miſerable
que l'on fuſt. Helene arriuée
dans ſa chambre, fit donner
le meilleur ſiege au Page. Il
eſtoit ſi eſtourdy de ſon bon-
heur, que s'eſtant voulu aſ-
ſeoir deuant qu'eſtre en me-
ſure, il auoit donné du cul en
terre, répandu ſon manteau,
ſon chapeau, & ſes gans par

la place, & s'estoit quasi per-
cé le corps de son poignard,
qui estoit sorty hors du four-
reau, lors qu'il tomba. Helene l'alla releuer, faisant la furieuse, comme vne Tygresse
à qui on a enleué ses petits;
elle ramassa son poignard, &
luy dit qu'elle ne pouuoit
souffrir qu'il le portast le reste
du iour, apres le peril qu'il
luy auoit fait courir. Le Page rassembla tout le debris
de son naufrage, & fit plusieurs mauuais complimens
accommodez au sujet. Ce-
pendant Helene faisoit sem-
blant de ne pouuoir se remet-
tre de la frayeur qu'elle auoit

euë, & se mit à admirer la
beauté du poignard : Le Page
luy dit qu'il venoit de son
vieil Maistre, qui l'auoit autrefois donné à son neveu,
auec l'espée & la garniture
assortie, & qu'il l'auoit choi-
sie ce iour-là entre plusieurs
autres, qui estoiét dans la gar-
derobe de son Maistre, pour
se parer vn iour de feste publique. Helene fit esperer au
Page qu'elle pourroit bien
aller déguisée, voir de quelle
façon les personnes de condition se marioient à Tolede.
Le Page luy dit que la cere-
monie ne s'en feroit qu'à mi-
nuit, & luy offrit la collation

dans la chambre du Maistre-
d'Hostel, qui estoit son amy.
Il pesta en suite contre son
malheur, de ce qu'il estoit
obligé de quitter la plus a-
greable compagnie du mon-
de, pour s'aller ennuyer auec
son vieil Maistre, que ses in-
commoditez de vieillard re-
tenoient au lit : Il adiousta,
qu'à cause de ses gouttes il ne
seroit point aux nopces, qui
se faisoient en vne maison de
la ville, fort éloignée de la
sienne, qui estoit l'Hostel
du Comte de Fuensalide. Il
estudioit en suite quelque io-
ly compliment de sortie,
quand on frapa rudement à la

porte. Helene en parut trou-
blée, & pria le Page d'entrer
dans vn petit cabinet, où elle
l'enferma pour plus long-
temps qu'il ne penſoit. Celuy qui frapoit ſi rudement à
la porte, eſtoit vn braue à
fauſſes - enſeignes, galand
d'Helene, & que par bien-
ſeance elle faiſoit paſſer pour
ſon frere. Il eſtoit complice
de ſes méchantes actions, &
l'ordinaire inſtrument de ſes
menus plaiſirs. Elle luy fit
part d'abord du Page enfermé, & du deſſein qu'elle venoit de former ſur les piſtolles de ſon vieil Maiſtre, dont
l'execution demandoit autant
de

de diligence que d'adreſſe.
En vn moment les mules,
quoy que deſia bien fati-
guées, furent remiſes au caroſſe, qui les auoient amenez
de Madrid; & Helene & ſa
compagnie qui eſtoit com-
poſée du redouté Montafar,
d'vne vieille nommée Men-
dez, venerable pour ſon Chapelet, & ſon harnois de pru-
de, & d'vn petit lacquais,
s'embarqua dans ce vaiſſeau
delabré, qui les porta dans la
rue des Chreſtiens modernes,
dont la foy eſt encor plus re-
cente que les habits qu'ils
vendent. Les maſques cou-
roient encore les rues, & il

arriua que le marié, masqué
comme les autres, rencontra
le caroße d'Helene , & vit cette dangereuse Eftrangere qui
luy sembla Venus en portiere , où le Soleil courant les
ruës. Il en fut si tenté , que
pour peu de choſe il euſt
abandonné ſes nopces , pour
ſe ietter à corps-perdu dans la
conqueſte de cette charmante Inconnuë : mais pour lors,
la prudence luy fit eſtouffer
vn deſir emporté, qui ne faiſoit encore que de naiſtre. Il
ſuiuit ſa troupe de maſques,
& le caroße de loüage conti-
nua ſon chemin à la friperie,
où en moins de rien , & ſans

marchander, Helene s'habilla
de deüil, depuis les pieds iuf-
ques à la teste ; fit habiller
de la mesme parure la vieille
Mendez , Montufar , & son
petit lacquais ; & remontant
en caroffe, fit toucher le cocher à l'нoftel du Comte de
Fuenfalide. Le petit lacquais
y entra, s'informa de l'appar-
tement du Marquis de Ville-
fagnan, & luy alla demander
audience , pour vne Dame
Eftrangere , des montagnes
de Leon, qui auoit à luy parler pour vne affaire de con-
fequence. Le bon-homme
fut furpris de la vifite d'vne
telle Dame, & à telle heure. Il

se composa sur son lit le mieux
qu'il put , rajusta son colet
foupy , & se fit mettre sous le
dos deux carreaux de plus
qu'il n'en auoit , pour receuoir vne si importante visite,
auec plus de bien-seance. Il
se tenoit en cét estat , la veuë
attachée sur la porte de sa
chambre ; lors qu'il y vit entrer , non sans grande admiration de ses yeux , & non
moindre alteration de son
cœur, le funeste montufar, autant couuert de deüil , & luy
seul, qu'vn conuoy entier, sui-
uy de deux femmes de la méme parure, dont la plus ieune, qu'il tenoit par la main,

& qui se cachoit vne partie
du visage auec son voile, paroissoit la plus triste, & la plus
considerable. Vn lacquais
luy portoit vne queuë si longue, si ample, & où il entroit
tant d'estoffe, que lors qu'elle fut épanoüie, tout le plan-
cher de la châbre en fut couuert. Dés la porte, ils salüe-
rent le vieillard malade, de
trois profondes reuerences,
sans y compter celle du petit
laquais, qui ne fit la sienne
rien qui vaille. Au milieu de
la chambre, autres trois reuerences, toutes d'vn mesme
temps, & autres trois, deuant
que de prendre des sieges, qui

leur furent approchez par vn
ieune Page, camarade de celuy qu'Helene tenoit enfermé dans sa chambre : Mais
ces trois dernieres reuerences furent telles , qu'elles firent presque oublier les premieres. La partie courtoise
de l'ame du vieillard, en fut
toute émeuë ; les Dames s'assirent , & Montufar & le petit lacquais se retirerent, teste
nuë aupres de la porte. Cependant le vieillard se tuoit
de leur faire des complimens,
& s'affligeoit de leur dueil
deuant que d'en sçauoir la
cause, qu'il les pria de luy apprendre, comme aussi le sujet

qui luy faisoit auoir l'honneur de les voir à vne heure
si induë, pour des personnes
de leur condition. Helene,
qui ne sçauoit que trop la force d'émouuoir, & de persuader qu'ont deux beaux yeux
qui pleurent , fit debonder
les siens en vn torrent de larmes, & sa bouche en des soûpirs & des sanglots interrom-
pus, d'vn ton qu'elle haussoit
& baissoit , selon qu'elle iugeoit à propos; faisant paroistre de temps en temps la
beauté de sa main, qui essuioit
ses larmes, & decouurât quelquefois son visage, pour faire
voir qu'il estoit aussi affligé

que beau. Le vieillard attendoit auec impatience qu'elle
parlaſt , & commençoit de
l'eſperer; car le fleuue de larmes débordé , s'eſtoit deſia
ſeché ſur la campagne de lys
& de roſes, qu'il auoit inon-
dée, quand la vieille Mendez,
qui iugea à propos de reprendre le chant lugubre, où l'autre l'auoit laiſſé , commença
à pleurer & ſanglotter auec
tant de vigueur, que malheur
& honte pour Helene , de ne
s'eſtre pas aſſez affligée. La
vieille ne s'en tint pas là, pour
auoir ſur Helene l'auantage
d'auoir bien fait , elle crut
qu'vne poignée ou deux de

cheueux ne feroient pas vn
petit effet fur l'auditoire.
Auffi - toft dit , auffi - toft
fait; elle fit vn grand degaft
dans fa tefte : mais la verité
eft , qu'il n'y alloit rien du
fien , & qu'il n'y auoit pas vn
feul cheueu qui fut de fon crû.
Helene & Mendez s'affli-
geoient ainfi à l'enuy l'vne
de l'autre , quand Montufar
& le lacquais , au fignal entre
eux concerté , fe firent oüyr
aupres de la porte foûpirans
& pleurans, à ne porter point
enuie aux pleureufes d'aupres
du lit, que ce nouueau chœur
de mufique lugubre remit en
humeur de s'affliger. Le vieil-

lard se desesperoit de voir
tant pleurer, & de ne pouuoir apprendre pourquoy. Il
pleuroit aussi selon ses forces,
sanglottoit aussi vigoureuse-
ment que pas vn de la compagnie, & conjuroit par toutes les puissances du Ciel, les
Dames affligées de moderer
vn peu leur affliction, & de
luy en apprendre le sujet, leur
protestant que sa vie seroit la
moindre chose, qu'il vou-
droit hazarder pour elles, &
regrettant sa ieunesse passée,
pour leur témoigner par des
effets la sincerité de ses desseins. Elles se radoucirent à
ces paroles, leurs visages se

deriderent ; & elles crurent
auoir aſſez pleuré , pour
pouuoir ne pleurer plus, ſans
ſe faire tort. Outre qu'elles
eſtoient grandes menageres
du temps , & qu'elles ſça-
uoient bien qu'elles n'en a-
uoient point à perdre. La
vieille donc leuant ſa mante
de deſſus ſa teſte , afin que
ſon viſage venerable luy don-
naſt tout le credit dont elle
auoit beſoin, declama en cette ſorte. Dieu par ſa Toute-
puiſſance garde de mal Mon-
ſieur le Marquis de Ville fagnan , & luy donne toute la
ſanté qui luy eſt neceſſaire;
quoy qu'à dire la verité, ce

que nous luy venons apprendre, ne ſoit guere propre à luy
donner de la ioye, qui eſt la
fleur de la ſanté : mais noſtre
malheur eſt tel , qu'il faut
que nous le communiquions
aux autres. Le Marquis de
Ville-fagnan ſe frappa alors la
cuiſſe du plat de la main, &
tirant vn grand ſoûpir de ſa
poitrine. Plaiſe à Dieu que ie
me trompe, s'écria-t'il, voicy quelque nouuelle ieuneſ-
ſe , ou pluſtoſt quelque folie
de mon neveu. Acheuez,
Madame, acheuez , & par-
donnez-moy , ſi ie vous ay
interrompuë. La vieille ſere-
mit à pleurer au lieu de ré-

pondre, & Helene prit la parole. Puis que vous sçauez
par experience, dit-elle, que
vostre neveu est esclaue de ses
passions, & que vous auez eu
souuent à faire cesser le bruit
de ses violences, vous ne fe-
rez pas difficulté de croire
celle qu'il m'a faite. Quand
vous l'enuoyastes à Leon le
Printemps passé, il me vit
dans vne Eglise, & me dit
d'abord des choses telles que
si elles eussent esté vrayes,
nous n'auions l'vn & l'autre
qu'à demeurer de peur de la
Iustice dans cette Eglise, moy
comme son assassine, & luy
comme vn homme mort, &

preſt à mettre en terre. Il me
dit cent fois que mes yeux l'a-
uoient tué, & n'oublia pas la
moindre flatterie, de celles
dont les Amans ſe ſeruent,
pour abuſer de la ſimplicité
d'vne fille. Il me ſuiuit iuſ-
ques en mon logis ; paſſa à
cheual deuant mes feneſtres,
tous les iours, & toutes les
nuits y fit ouyr des muſiques.
Enfin voyant que toutes ſes
proüeſſes amoureuſes ne luy
ſeruoient de rien, il gagna
par des preſens vne eſclaue
Negre, à qui ma mere auoit
promis ſa liberté, & par ſon
conſeil me ſurprit dans vn
jardin, que nous auions dans

le faux-bourg de la ville. Ie
n'auois auec moy que l'Efclaue infidelle : il eſtoit ac-
compagné d'vn homme auſſi
méchant que luy, & il auoit
donné de l'argent au Iardi-
nier, pour le faire aller à l'autre bout de la ville, ſous pre-
texte d'vne affaire importante. Que vous diray-je dauantage, il me mit ſon poignard
à la gorge, & voyant que ma
vie m'eſtoit moins chere que
mon honneur, à l'ayde du
complice de ſon crime, il me
prit par force, ce qu'il n'euſt
iamais obtenu par ſes cajolle-
ries. L'Eſclaue fit la furieuſe, & pour mieux cacher ſa

perfidie , se fit legerement
blesser en vne main , & en
suite fit l'éuanoüie. Le Iardi-
nier reuint, vostre neveu es-
pouuenté de son crime mé-
me, se sauua par dessus la mu-
raille du jardin , auec tant de
precipitation,qu'il laissa tomber son poignard , que ie ra-
massay. Cét insolent ieune-
hóme n'auoit pourtant alors
rien à craindre ; car n'estant
pas en estat de le faire arre-
ster, i'eusse eu assez de force
sur mon esprit pour faire bonne mine, & pour dissimuler
l'effroyable malheur qui me
venoit d'arriuer. Ie fis ce que
ie pus, pour ne paroistre pas
plus

plus triste qu'à l'ordinaire. La
méchante esclaue disparut à
quelque temps delà. Ie per-
dis ma Mere, & ie puis dire
que i'aurois tout perdu auec
elle, si ma Tante que vous
voyez, n'auoit eu la bonté de
me receuoir chez elle, où
elle ne met aucune difference
entre ses deux aymables filles
& moy. C'est en sa maison
que i'ay apris que vostre Neveu estoit si éloigné de repa-
rer le tort qu'il m'auoit fait,
qu'il estoit prés de se marier
en cette ville. Ie suis venuë
en la plus grande diligence
que i'ay pû, afin que deuant
que ie sorte de vostre cham-

C

bre, vous me donniés en argent, ou en pierreries deux
mille escus, pour me rendre
religieuse; car apres ce que ie
sçay par experience du natu-
rel de ce Cauallier, ie ne me
pourrois iamais resoudre à
l'espouser, quand luy, & tous
les siens me le voudroient
persuader par toutes sortes
d'offres & de prieres. Ie sçay
bien qu'il se marie cette nuit;
mais ie vay m'y opposer, &
faire vn éclat qui luy nuira
toute sa vie, si vous n'y don-
nés l'ordre, que ie vous viens
de proposer. Et pour faire voir,
adjousta-t'elle, qu'il n'y a rien
de plus vray, que ce que ie

vous dy de la violence que
m'a faitte voftre Neveu, voila le poignard mefme, qu'il
me mit à la gorge, & pluft à
Dieu, qu'il euftfait dauantage que de m'en menacer. Elle
recommença de pleurer en
acheuant fon difcours. Mendez prit vn ton plus haut
qu'elle, & le chœur de Mufique d'auprés de la porte, dont
le petit Lacquais faifoit le deffus, & Montufar la baffe, ne
fe fit pas oüir auec moins
d'ambition. Le vieillard qui
n'auoit déja que trop facilement crû ce queluy auoit dit
la plus fourbe de toutes les
femmes, ne vit pas plutoft le

poignatd , qu'il le reconnut
d'abord pour celuy qu'il auoit
autrefois donné à son Neveu.
Il ne songea donc plus qu'à
empescher que ses noces ne
fussent point troublées. Il
l'eust bien enuoyé querir;
mais il eut peur que quel-
qu'vn ne fust assez curieux
pour en vouloir sçauoir le suiet : & comme on craint ex-
trémement, quand on desire
de mesme , il ne vit pas plutost les Dames affligées faire
mine de s'aller opposer à des
Noces , qu'il desiroit ardem-
ment; & qui luy auoient donné beaucoup de peine à conduire iusques où elles étoient,

qu'il se fit apporter vne casset-
te par son Page, & luy fit
compter deux mille escus en
pieces de quatre pistolles.
Montufar les receut , & les
recompta vne à vne, & le vieil
Marquis leur ayant fait pro-
mettre qu'ils se reuerroient
le lendemain, fit mille excu-
ses aux Dames de ce qu'il ne
les pouuoit conduire iusqu'à
leur carosse. Elles y monte-
rent fort satisfaites de leur visite , & firent reprendre au
cocher le chemin de Madrid,
se figurant que si on auoit à
les suiure, ce seroit du costé
de Leon. Leur hostesse cependant voyant que ses ho-

stes ne paroissoient point, entra dans leur chambre ; elle
trouua le Page dans le cabinet, qui ne pouuoit com-
prendre pourquoy l'on l'a-
uoit enfermé, & elle le laissa
aller, par ce qu'elle le connoissoit, ou plutost parce qu'elle
trouua le compte de ses meubles. Ceux qui font profession de derober, & qui en tirent toute leur subsistance, ne
craignent point Dieu, & ont
toujours à craindre les hommes. Ils font de tous païs, & ne
font de pas vn, & n'ont iamais
de demeure asseurée. Aussi-
tost qu'ils ont mis le pied en
vn lieu, ils y profitent le plu-

toft qu'ils peuuent auec vn
feul, & fe broüillent auec tous
les autres. Ce mal-heureux
meftier, qui s'apprend auec
tant de trauail, & de diligence, eft different des autres en
ce que l'on les quitte, apres y
auoir vieilly, faute de forces,
& celuy de derober ne fe quitte prefque iamais que dans la
ieuneffe, & faute de vie. Il
faut que ceux qui l'exercent,
y trouuent bien des charmes,
puifqu'ils hazardent pour eux
vn grand nombre d'années,
que leur ofte toft ou tard le
Bourreau. Helene, Mendez &
Montufar n'auoient pas ces
belles reflexions.là dans la te-

ste, mais bien vne peur effroyable d'estre suiuis. Ils
donnerent à leur cocher le
double de ce qu'il luy falloit,
afin qu'il preslast ses cheuaux;
ce qu'il fit auec excez pour
plaire à des gens, qui l'auoient
payé de mesme; & on peut
croire que iamais carosse de
loüage n'alla plus viste sur la
route de Madrid. Ils n'auoient
pas enuie de dormir, quoy
que la nuit fust fort auancée,
Montufar estoit fort inquiet,
& témoignoit par des soûpirs
frequens plus de repentir, que
de satisfaction. Helene, qui
voyoit clair dans sa pensée, le
voulut diuertir en l'infor-

mant des particularitez de sa vie, dont iusqu'alors elle luy auoit fait secret. Puisque ie te voy de mauuaise humeur, luy dit-elle, ie te veux contenter l'enuie que tu as toûjours euë d'apprendre qui ie suis, & d'estre informé des auantures, qui me sont arriuées deuant nostre connoissance. Ie te dirois bien que ie suis de bonne maison, & me donnerois bien vn nom illustre, comme fait auiourd'huy la plus-part du monde ; mais ie veux estre auec toy si sincere, que ie te descouuriray iusqu'aux moindres deffauts de ceux qui m'ont mise au mon-

de. Mon Pere donc estoit Gal-
licien d'origine , Laquais de
profession , ou pour parler
de luy plus honorablement,
Estaffier. La memoire du Pa-
triarche Noë luy estoit fort
venerable pour la seule inuen-
tion de la vigne, & sans l'atta-
chement qu'il auoit pour le
vin, on peut dire de luy, qu'il
en auoit fort peu pour les
biens temporels de ce monde. Ma mere estoit de Grenade , esclaue, pour vous parler franchement ; mais on ne
peut aller contre son estoille.
Elle répondoit au nom de
Marie, que luy auoient donné ses Maistres, & c'estoit son

nom de baptefme ; mais on
luy euft fait plus grand plaifir
de l'appeller Zara, qui eftoit
fon nom de Mofquée ; car
puis qu'il faut tout vous dire,
elle eftoit Chreftienne par
complaifance, & par couftu-
me, & Maure en effet. Elle fe
confeffoit pourtant fouuent ;
mais pluftoft des pechez de
fes Maiftres, que des fiens, &
comme elle entretenoit bien
plus fon Confeffeur du mal
qu'elle auoit à feruir, que de
fes defauts, & luy faifoit bien
valoir fa patience, fon Confeffeur qui eftoit vn faint-
homme, & qui iugeoit des
autres par luy-mefme , la

croyoit sur sa parole, la loüoit
au lieu de la reprendre; & ainsi qui euſt eſté aſſez prés de
ma mere, quand elle ſe confeſ-
ſoit, n'euſt ouy que des loüanges de part & d'autre. Vous
eſtes peut -eſtre en peine de
ſçauoir comment ie ſuis in-
formée d'vn ſecret ſi particulier, & vous pouuez bien pen-
ſer que ce n'eſt pas de ma mere que ie le ſçay ; mais ie ſuis
fort curieuſe de mon natu-
rel , & toute ieune que i'ay
eſté, ma mere ne s'eſt iamais
confeſſée , que ie ne me ſois
approchée d'elle le plus que
i'ay pû, pour entendre ſa con-
feſſion. Toute bazannée ou

pluftoft noire qu'elle eftoit,
fon vifage & fa taille n'eftoiét
pas fans agréement, & plus
de fix cheualliers comman-
deurs des Croix - rouges &
vertes, ont taché d'auoir fes
bonnes-graces. Elle eftoit fi
charitable, qu'elle les accor-
doit à tous ceux qui les luy
demandoient, & elle fut d'v-
ne ame fi reconnoiffante enuers fes Maiftres, que pour
les recompenfer en quelque
façon de la peine qu'ils auoiét
euë à la nourrir dés fa ieuneffe, elle faifoit tous les ans ce
qu'elle pouuoit, pour leur
donner vn petit efclaue mafle
ou femelle; mais le Ciel ne fe-

condoit pas sa bonne intention, & tous les petits demy-
Negres de sa façon, mouroiét
dés leur naissance. Elle fut
plus heureuse à éleuer les enfans des autres. Ses Maistres,
qui perdoient tous les leurs
dés le berceau, la firent nour-
rice d'vn garçon desesperé des
Medecins, qui en peu de téps
par le soin, & par les bonnes
qualitez du lait de ma mere,
donna bien-tost des signes
d'vne parfaite santé, & l'esperance d'vne longue vie. Ce
bon - heur fut cause que la
Maistresse de ma mere luy
donna sa liberté en mourant.
Voila ma mere libre ; elle se

mit à blanchir le linge, & y
reuſſit ſi bien, qu'en peu de
temps, il n'y eut pas vn Cour-
tiſan dans Madrid, qui cruſt
ſon linge bien blanchy, s'il ne
l'auoit eſté des mains de la
moriſque. En ce temps-là, elle remit en pratique les leçons
que ſa mere luy auoit autres-
fois données, pour auoir
commerce auec les gens de
l'autre monde. Elle auoit
abandonné cét exercice cha-
touïlleux, plus par mode-
ſtie, & pour ſe trouuer fati-
guée des loüanges qu'on luy
donnoit, d'eſtre excellente
en ſon art, que par crainte
de la Iuſtice. Enfin donc elle

s'y redõna toute entiere, pour
faire seulement plaisir à ses
amis, & en peu de temps elle
y acquit de si belles connoiſ-
ſances, & se mit en tel credit
dans la cour des tenebres, que
les Demons de la plus grande
reputation, ne se fuſſent pas
tenus pour bons Diables, s'ils
n'euſſent fait amitié auec elle.
Ie ne ſuis pas vaine, & ie ne
mens iamais, adiouſta Helene, & ie ne donnerois pas à
ma mere des bonnes quali-
tez qu'elle n'auroit pas euës:
mais ie dois pour le moins, ce
témoignage à ſa vertu. Les
ſecrets qu'elle vendoit, ceux
qu'elle reueloit, & ſes oracles,
qui

qui la faisoient montrer au
doigt dans les ruës, estoient
des talés vulgaires entre ceux
de sa nation, à comparaison
de ce qu'elle sçauoit en matie-
re de pucelages. Telle fleur de
virginité a esté plus entiere,
apres qu'elle y a mis la main,
qu'elle n'estoit deuant sa fle-
strissure, & s'est mieux ven-
duë la seconde fois, que la
premiere. Elle pouuoit auoir
quarante ans, quand elle se
maria auec mon pere, le bon
Rodrigues. On s'émerueilla
dans le quartier, de ce qu'vn
homme qui aymoit tant le
vin, se marioit auec vne fem-

me qui n'en beuuoit point,
comme fidelle à Mahomet,
& qui auoit touſiours les
mains dans l'eau , comme
blanchiſſeuſe: Mais mon Pere diſoit à cela que l'amour
rendoit toutes choſes faciles.
Elle fut groſſe quelque temps
apres , & acoucha heureu-
ſement de moy. Cette ioye ne
dura pas long temps dans la
maiſon. I'auois ſix ans, quand
vn Prince fit habiller cent laquais de liurées, pour paroiſtre en vn combat de Tau-
reaux: mon Pere fut vn des
choiſis ; beut ſans diſcretion
ce iour là, & s'alla ietter dans

le paſſage d'vn Taureau fu-
rieux, qui le mit en pieces. Ie
me ſouuiens qu'on en fit des
chanſons, & que l'on diſoit
ſur la mort de mon Pere, que
chacun haiſſoit ceux de ſa
profeſſion. Ie n'ay ſceu que
long-temps depuis que l'on
entendoit par là, luy repro-
cher qu'il portoit des cornes
comme vn Taureau : mais
on ne peut faire taire les mauuaiſes langues, ny defendre
au peuple ſes mauuaiſes railleries. Ma Mere s'affligea de
la mort de mon Pere, ie m'en
affligeay auſſi; Elle ſe conſo-
la, & ie me conſolay. Ma

beauté quelque temps apres
commença à faire parler de
moy. Il y eut presse dans Madrid à me mener au cours, &
à la Comedie, & à me don-
ner des collatiõs sur les bords
du Mansanares. Ma mere me
gardoit comme vn Argus,
iusque-là que i'en murmu-
rois ; mais ie reconnu bien
tost que ce n'auoit esté qu'à
mon profit. Sa seuerité, & le
haut prix où elle me mettoit,
fit valoir sa marchandise, &
causa de l'emulation entre
ceux qui me faisoient les
doux yeux. Ie fus entre eux à
l'enchere : chacun d'eux crut

m'auoir emportée sur son Ri-
ual ; & chacun crut auoir
trouué ce qui n'y estoit plus.
Vn riche Geneuois , qui ne
paroissoit point sur les rangs,
fit reluire tant d'or aux yeux
de ma prudente mere , & luy
fit voir tant de franchise en
son procedé , qu'elle fauorisa
ses bonnes intentions. Il eut
le premier place en mes bonnes-graces; mais cette primau-
té luy cousta bon. On eut
pour luy de la fidelité, tant
que l'on creut qu'il doutoit de
la nostre: mais aussi tost qu'il
nous en parut fort persua-
dé, nous luy en manquasmes.

Ma mere estoit trop sensible aux peines d'autruy pour n'estre pas touchée des plaintes côtinuelles de mes amäs, tous des principaux de la Cour, & tous fort riches. Il est vray qu'ils ne répandoient pas l'argent comme le Geneuois : mais ma mere sçauoit estimer les grands profits, & ne mesprisoit pas les petits : outre qu'elle estoit obligeante par principe de charité plutost que d'interest. Le Geneuois fit banqueroute, ie ne sçay si nous en fusmes cause. Il y eut des querelles pour l'amour de moy ; la iustice nous visita

plus par ciuilité qu'autre -
ment ; mais ma mere auoit
vne auerſion naturelle pour
les gés de robe, & ne haiſſoit
pas moins les braues, & les
Narciſſes, qui commençoiét
à nous obſeder. Elle iugea
donc à propos d'aller à Seuille, fit argent de tous ſes meubles, & me mit auec elle dans
vn carroſſe de retour. Nous
fuſmes vendus par noſtre cocher ; volez de tout ce que
nous auions ; & ma mere tel-
lement battuë, par ce qu'elle
defendit ſon bien, autant que
ſes forces le luy peurent per-
mettre, que deuant que de

pouuoir attrapper vne mef-
chante hoftellerie, elle mourut au pied d'vn rocher. Ie
m'armay de refolutió, encore
que ie fuffe bien ieune.   Ie
foüillay tous les plis des habits de ma mere : mais il n'y
auoir rien à faire, apres les
exacts voleurs qui y auoient
paffé. Ie la laiffay à la difcre-
tion des paffans, penfant bien
qu'en vn grand chemin tel
que celuy de Madrid à Seuille, fon corps que i'abandon-
nois, ne manqueroit pas de
perfonnes charitables, qui la
fiffent enterrer. I'arriuay à
Madrid ; mes amans fceurent

mon infortune ; y remedie-
rent ; & en peu de temps ie
fus remontée d'habits, & de
meubles. En ce temps-là, ie te
vis chez vne de mes amies, &
i'y fus charmée de tes bonnes
qualitez. Ie n'ay plus rien à
t'apprendre de ma vie ; Puiſque depuis nous l'auons toûjours paſſée enſemble. Nous
ſommes venus à Tolede ;
nous en ſortons à la haſte, &
ſi bien en argent, que ſi tu a-
uois autant de courage que
ie t'en ay crû auoir tu ſerois
plus gay que tu n'es. Et puis
que la relatió, que ie t'ay faitte, a eu la vertu de te donner

enuie de dormir, comme ie
reconnoisàtesbâillemens, &
aux agitations de ta teste, ap-
puye la sur moy, & t'endors.
Mais sçache que tout ce que
la crainte a de bon & d'vtile,
deuant que de commettre vn
crime, deuient bien méchant
& bien dangereux aprés que
l'on l'a commis. La crainte
trouble tousiours l'esprit du
coulpable; de façon, qu'au
lieu de fuir celuy, qui le cherche, il se iette souuent de luy
mesme dãs les mains. Montufar s'endormit & l'aurore s'é-
ueilla si belle, & si charmante, que les oiseaux, les fleurs

& les fontaines la saluerent
chacun à leur mode ; les oiseaux en chantant, les fleurs
en parfumant l'air ; & les fontaines en riant, ou en murmu-
rant, l'vn vaut l'autre. Cependant le Neveu du Marquis de
Villefagnan, le sensuel Dom
Sanche, songeoit à se leuer
d'aupres de sa nouuelle Es-
pouse, fort lassé, & peut estre
déjà fort saoul des plaisirs du
mariage. Il auoit l'imagina-
tion pleine de la belle estrangere, de la dangereuse Helene qu'il auoit veuë dans vn
carosse de loüage ; & se la fi-
guroit toute admirable, fai-

sant par là vne grande iniusti-
ce à sa femme qui estoit fort
belle, & si aymable, que plus
d'vn amant soûpiroit pour elle dans Tolede, dans le temps
qu'elle soûpiroit pour son
Mary, & que cét inconstant
soûpiroit pour vne infame
Courtisanne, qui se donnoit
pour peu de chose à tous
ceux qui auoient enuie d'elle. Il n'y a rien de plus déré-
glé que nostre appetit. Vn
Mary qui a vne belle femme,
court apres vne laide seruante. Vn Satrape à qui on sert
vne bisque & des Ortolans,
les regarde auec desdain, &

se fait apporter la souppe & le
bœuf de ses valets. Tout le
monde a le goust depraué en
beaucoup de choses , & les
grands Seigneurs plus que les
autres. Cōme ils ont du bien
plus qu'il ne leur en faut , &
qu'on cherche tousiours ce
qu'on n'a point ; ils se portent
au mal pour diuersifier ; Ils
employent pour le trouuer
du temps , des pas & de l'argent, & ont quelquefois long-
temps à prier vne inhumaine,
deuant que d'en obtenir ce
qu'elle donne quelquefois à
d'autres, sans en estre priée.
C'est le Ciel qui le permet
ainsi, pour les punir par le mal

mefme de ce qu'ils s'y portent
aueuglément. Homme mife-
rable ! à qui le Ciel a donné
les deux chofes du monde,
qui peuuent plus faire ta feli-
cité. Du bien en abódance, &
vne femme aimable, du bien,
pour en pouuoir faire à ceux
qui le meritent, & n'en ont
point, & pour n'auoir point à
fe porter aux baffeffes à quoy
la pauureté reduit les ames les
mieux nées. Et vne femme,
qui t'egale en qualité, & en
bien, belle du corps & de l'a-
me, toute parfaite à tes yeux,
& encore plus à ceux des
autres, qui voyent plus clair

dans les affaires d'autruy,
que dans les leur ; & enfin,
qui a de la retenuë, de la
pudeur, & de la vertu. Que
cherches-tu hors de chez
toy ? N'as-tu pas en ta maison vne moitié de toy-mes-
me, vne femme, dont l'es-
prit diuertit le tien, dont
le corps se donne tout entier
à ton plaisir, qui est ialouse de
ton honneur, soigneuse dans
ton menage, habile à con-
seruer ton bien, qui te donne
des enfans, qui te diuertissent
en leur ieunesse, qui te se-
courront en ta vieillesse, &
te feront reuiure apres ta
mort. Que cherches-tu enco-

re vn coup hors de chez toy ?
Ie te le vay dire en peu de
mots, à te ruiner de bien &
de reputation, à perdre l'efti-
me de tes amis, & à te faire
des ennemis redoutables.
Crois-tu que ton honneur eſt
à couuert à cauſe que tu as
vne honneſte femme? Ha que
tu as peu d'experience des
choſes du monde, & peu de
connoiſſance de noſtre fragi-
lité ! Le cheual du monde le
mieux dreſſé & le plus obeïſ-
ſant, s'échappe ſous vn mauuais Eſcuyer, & le porte par
terre. Vne femme reſiſtera à
telle, & à telle tentation de
mal

mal faire, & fera vne faute de
la derniere importance, lors
qu'elle se croira le mieux sur
ses gardes. Vne faute en atti-
re souuent plusieurs, & la di-
stance qui est entre la vertu &
le vice, n'est quelquefois que
le chemin de peu de iours. Et
à quoy sont bonnes toutes ces
verités morales dira icy quel-
qu'vn. Et dequoy se tour-
mente t'il, qu'il s'en serue, ou
qu'il les laisse, selon qu'il en
aura besoin, & qu'il en sçache
au moins bon gré à qui les
donne pour rien. Dõ Sanche
estoit donc prest de se leuer
d'auprès de sa ieune femme,

E

quand le Maiſtre d'Hoſtel de
ſon oncle, luy apporta vn billet de ſa part, par lequel il l'in-
formoit de la Dame Eſtran-
gere, qu'il croyoit l'auoir ex-
croqué, parce qu'elle ne pa-
roiſſoit en pas vne des hoſtel-
leries de Tolede, où il l'auoit
fait chercher, & le prioit par
le meſme billet, de luy donner
vn de ſes gens, pour le faire aller apres cette fripponne, ſur
le chemin de Madrid, où il
croyoit qu'elle pouuoit e-
ſtre allée, parce qu'il auoit
mis du monde ſur tous les
grands chemins, qui condui-

soient de Tolede aux villes
voisines, excepté sur le chemin de Madrid. Dom San-
che n'estoit pas endurant. Il
se sentoit attaqué par la partie plus foible de son ame, &
estoit tout fier d'estre vne fois
accusé faussement d'vne foi-
blesse, luy qui auoit esté con-
uaincu de plusieurs. L'argent
volé, & la fourbe faitte à son
oncle, l'irritoient égallemét.
Il conta l'affaire à sa femme, & à quelques-vns de ses
parens, qui l'estoient venu
voir le lendemain de ses noces, & sans pouuoir estre de-
tourné de ce qu'il auoit enuie

de faire, ny par les prieres de
fa femme, ny par les auis de
fes amis, il s'habilla à la hafte;
mangea vn morceau; courut
chez fon oncle, & là, aprés
s'eftre informé du Page qui a-
uoit introduit Helene dans
la chambre du vieil Marquis,
de quelle façon le caroffe e-
ftoit fait, combien ils eftoient
de compagnie, & à quelles
enfeignes on les pourroit re-
connoiftre; Il prit la pofte de
Tolede à Madrid, fuiuy de
deux valets dont le courage
luy eftoit connu. Il courut
quatre ou cinq poftes fi vifte,
qu'il n'eut pas le moindre

souuenir de la belle estrangere : mais sa colere s'estant vn
peu euaporée par l'agitation,
Helene reprit place en sa fan-
taisie, si belle, & si charmante,
qu'il luy vint plus d'vne fois
dans l'esprit de retourner à
Tolede pour la chercher. Il
se voulut cent fois du mal d'a-
uoir pris si chaudement le vol
fait à son oncle, & cent fois
en luy mesme s'appella im-
prudent , & ennemy de sa
propre satisfaction, de se bri-
ser le corps à courir la poste,
au lieu d'employer mieux son
temps à courrir apres vn bien,
dont la possession à son aduis

pouuoit le rendre souuerai-
nement heureux. Tandis que
ses amoureuses reflexiós l'oc-
cuperent, il se parla souuent
tout seul, comme vn fou, & si
haut, que ses valets, qui cou-
roient deuant luy, tourne-
rent bride, & reuinrent sur
leurs pas, pour sçauoir ce
qu'il vouloit. Pourquoy, s'é-
crioit-il quelquefois, m'éloi-
gné-je du lieu où ie l'ay veuë,
& ne serois-je pas le plus mal-
heureux de tous les hommes,
si cette estrangere n'estoit
plus à Tolede, quand i'y se-
ray de retour ? Ha ie n'aurois
que ce que ie merite pour

vouloir me mesler de faire le
Preuost. Mais, continuoit-il,
si ie retournois à Tolede, sans
auoir rien fait, que diroient
de moy ceux qui me vou-
lurent destourner d'vne telle entreprise ? & dois - je
laisser des larrons impunis,
qui ont volé l'argent de mon
oncle, d'vne maniere si in-
oüye, & qui ont blessé si per-
fidemét ma reputation ? Cette bataille se donnoit dans la
teste du desbauché ieune-
homme, quand approchant
de Xetaffe, ses valets decou-
urirent le carrosse d'Helene
aux enseignes qu'on leur en

auoit données. Ils crierent
tous d'vne voix à leur Maistre, qu'ils tenoient les larrons, & sans l'attendre, cou-
rurent apres le carosse, l'épée
à la main. Le cocher s'arresta
fort effrayé, & Montufar le
fut encore plus que luy. Helene le fit oster de la portiere,
& s'y mit, pour tâcher de re-
medier à vn si grand malheur.
Elle vit venir à elle Dom Sanche l'épée à la main, & dont
le visage ne luy promettoit
rien de bon: mais l'amoureux
Gentil-homme n'eut pas plutost ietté les yeux sur ceux
qui l'auoiét déia si fort blessé,

que sa playe se r'ouvrit, & il
ne fit pas moins d'abord que
de croire que ses valets s'e-
stoient mépris; car on a toûjours bonne opinion de ce
qu'on ayme; & comme s'il
eust connu Helene dés son
bas aage pour vne Dame sans
reproche, il chargea sur ses
valets à grands coups de plat-
d'épée. Coquins! s'écrioit-il,
ne vous ay-ie pas dit que vous
prissiez bien garde à ne vous
méprendre pas, & ne meri-
tez vous pas que ie vous rom-
pe les bras & les iambes d'a-
uoir arresté si desobligeam-
ment le carosse d'vne Dame,

à qui l'on doit tant de respect?
Les pauures valets qui ne s'e-
stoient tant hastez que sur les
enseignes , que leur auoit
donné vn Page , & qui vo-
yoient vne femme toute belle , ce qui donne du respect
mesme aux plus inciuils, eui-
terent en s'éloignant la fureur de leur Maistre, & crurent qu'il auoit raison, & qu'il
leur faisoit courtoisie de ne
les roüer pas de coups. Dom
Sanche demanda pardon à
Helene , & luy dit le sujet de
la violence que luy auoient
pensé faire ses estourdis de valets, ce qu'elle sçauoit aussi

bien que luy. Il la coniura de considerer combien se mesprend aisément vne personne aueuglée de colere. Voyez, ie vous prie, disoit-il, à quoy les valets peuuent engager leurs Maistres; si ie ne m'étois trouué auec les miens, ces estourdis sur des apparences peu certaines, auroient mis tout le pays en rumeur, & la force à la main, vous auroient menée à Tolede, comme vne larronnesse. Ce n'est pas que vous ne le soyez, adiousta-t'il en se r'adoucissant; maïs c'est plutost de cœurs que d'autre chose. Helene remercia

le Ciel en elle mefme , de ce
qu'il luy auoit dóné vn vifage
capable de rendre impunies
toutes les mauuaifes actions
qu'elle auoit accouftumé de
faire , & fe raffeurant de la
peur qu'elle auoit euë , elle
refpondit à Dom Sanche a-
uec beaucoup de módeftie,&
en peu de paroles , fçachant
bien , que qui fe defend beaucoup d'vne chofe dont on
l'accufe , augmente le foupçon qu'on en a. Dom Sanche
s'émerueilloit d'auoir trouué
ce qu'il cherchoit par vn chemin fi eftrange , & fou qu'il
eftoit , flattoit fa paffion en

croyant que le Ciel la fauori-
foit, puis qu'il l'auoit empef-
ché de retourner à Tolede,
comme il en auoit eu plu-
fieurs fois la penfée : ce qui
euft efté fans doute s'éloigner
du bien qu'il cherchoit auec
tant d'emportement. Il demanda à Helene fon nom , &
fa demeure à Madrid , & la
fupplia de trouuer bon qu'il
y allaft luy confirmer les offres de feruices qu'il luy faifoit. Helene luy déguifa l'vn
& l'autre , & luy dit qu'elle
fe tiendroit fort heureufe de
receuoir fes vifites : Il s'offrit
de l'accompagner , elle n'y

voulut pas confentir, luy re-
prefentant qu'elle eftoit mariée, & que fon Mary venoit
au deuant d'elle en caroffe, &
elle luy dit tout bas, qu'elle
fe defioit de fes domeftiques
mefmes, & encore plus de la
mauuaife humeur de fon Mary. Cette petite confidéce fit
croire à Dom Sanche qu'il
n'en eftoit pas haï. Il prit
congé d'elle & plus porté de
fon efperance que de fon cheual de pofte (fi i'ofe ainfi dire)
picqua vers Madrid. Il n'y
fut pas plutoft arriué, qu'il
s'informa d'Helene, & de fa
demeure, fur les enfeignes

qu'elle luy en auoit données.
Ses valets se lasserent à la
chercher, & ses amis n'y furent pas épargnez, & tout cela fort inutilement. Helene, Montufar & la venerable
Mendez n'arriuerent pas plutost à Madrid, qu'ils songerent par où ils en sortiroient.
Ils sçauoient bien qu'ils n'y
pouuoient euiter le Cauallier
Toledan, & que s'ils luy donnoient vne plus particuliere
connoissance du merite de
leurs personnes, ils l'eprouueroient aussi dangereux ennemy, qu'ils le croyoient alors
leur passionné seruiteur. He-

lene mit donc tout ce qu'elle
auoit de meubles en seureté,
& dés le iour d'apres son arriuée, s'habillant à la pelerine
elle & sa compagnie, elle prit
le chemin de Burgos, d'où
estoit Mendez, & où elle a-
uoit encore vne sœur de sa
profession. Cependant, Dom
Sanche perdit toute esperance de trouuer Helene, & s'en
retourna à Tolede, si confus,
& si honteux, que depuis Madrid iusqu'en sa maison on ne
luy entendit pas dire vne parole. Apres auoir salüé sa femme qui luy fit mille caresses,
elle luy dóna des lettres de son
frere,

frere, qui luy aprirent qu'il e-
ftoit à l'extremité de fa vie
dans vne des meilleures villes
d'Efpagne, où il poffedoit les
premieres dignitez de l'Eglife
Cathedrale, & eftoit des plus
riches ecclefiaftiques du païs.
Il ne coucha donc qu'vne
nuit à Tolede, & dés le matin
prit la pofte, pour aller voir
guerir fon frere, ou recueillir
fa fucceffion. Cependant Heleine eftoit fur le chemin de
Burgos auffi mal fatisfaite de
Montufar, qu'elle l'auoit autrefois aimé. Il auoit témoi-
gné fi peu de refolution,
lorfque Dom Sanche, & fes

F

valets auoient arresté leur carosse, qu'elle ne doutoit plus
qu'il ne fust grand poltron. Il
luy estoit deuenu par là si
odieux, qu'elle auoit mesme
peine à en souffrir la veuë,
elle ne pouuoit plus songer à
autre chose, qu'aux moyens
de se deliurer de ce Tyran do-
mestique. Et cependant se
flattoit incessamment en elle
mesme de l'esperance d'estre
bien tost en liberté. C'estoit le
cōseil que luy dōnoit Médez,
qu'elle appuyoit de toutes les
raisons que sa prudence luy
fournissoit. Elle ne pouuoit
souffrir qu'en vne maison, où

elle auoit à viure, il y euft vn
montufar qui luy cõmandaft,
qui en gouuernaft la Mai-
ftreffe, & ioüift fans rien faire, de ce qu'elles auoiét l'vne
& l'autre bien de la peine à
gagner. Elle reprefentoit inceffamment à Helene le malheur de fa condition, qu'elle
comparoit à celle des efcla-
ues, qui trauaillent aux mi-
nes, qui enrichiffent leurs
Maiftres de l'or qu'ils tirent
de la terre auec grand trauail,
& au lieu d'en eftre mieux
traittez, n'en ont quelquefois
que des coups de bafton. Elle
luy difoit inceffamment que

la beauté eſt vn bien de peu
de durée , & que ſon miroir
qui ne luy faiſoit rien voir
alors qui ne fuſt tres-ayma-
ble , & ne luy parloit iamais
qu'à ſon auantage , commen-
ceroit bien toſt a luy preſen-
ter des obiets de peu de ſatis-
faction , & à luy aprendre de
méchantes nouuelles. Madame , luy diſoit-elle ; vne femme , qui paſſe trente ans , pert
tous les ſix mois quelque agrément , & voit chaque iour naî-
ſtre ſur ſon corps, ou ſur ſon
viſage , quelque tache , ou
quelque ride. Les ans ne font
autre choſe que vieillir les

ieunes, & rider les vieilles. Si
vne femme qui s'est enrichie
aux despens de ses mœurs, &
de sa reputation, ne laisse pas
d'estre méprisée du monde,
quelque bien qu'elle ait;
quelle horreur ne fait elle
point, si par sa mauuaise conduitte, elle ioint la pauureté
à l'infamie ? Et par quelle
raison pourra-t'elle esperer
qu'on l'assiste en sa misere? Si
du bien que vous auez acquis
par des moyens qui ne sont
pas approuuez de tout le
monde, vous tiriez dé ne-
cessité vn honneste-homme,
qui vous espouseroit , vous

feriez vne action agreable à
Dieu & aux hommes, & la
fin de voſtre vie, en feroit
excuſer le commencement:
mais vous donner toute entiere, comme vous faites, à vn
filou auſſi meſchant que laſ-
che; qui a mis toute ſon ambition à excroquer des femmes; qui ne les gagne que par
des menaces, & ne les garde
que par des Tyrannies, c'eſt,
ce me ſemble, depenſer ſon
bien à ſe rendre miſerable de
la derniere miſere, & trauailler à ſa ruine. C'eſt par de
ſemblables parolles, que la
iudicieuſe Mendez, quiſça-

uoit mieux dire que faire, taf-
choit de chaffer le redouta-
ble Montufar de l'ame de la
peu vertueufe Helene, qui ne
l'aimoit prefque plus que parce qu'elle y eftoit accouftu-
mée, & qui auoit l'efprit trop
éclairé, pour n'auoir pas déja trouué dans foy mefme
toutes les belles raifons, que
luy venoit de debiter fa vieille. Elles ne furent pourtant
pas inutiles. Helene les receut
en bonne part, d'autant plus
volontiers que l'intereft feul
de Mendez n'y eftoit pas mef-
lé, & parce qu'en mefme
temps, Montufar eftoit preft

de les ioindre, pour entrer de
compagnie dans Guadarra-
ma, où estoit la disnée, elles
remirent à vne saison plus
cómode, d'auiser aux moyens
dont elles se seruiroient pour
se separer d'auec luy, à ne le
reuoir iamais. Il parut fort
degousté durant le disner,
& à la sortie de table, eut
vn grand frisson, & en suitte
vne violente fiévre, qui le
tourmanta le reste du iour,
& toute la nuit, & qui s'estant augmentée le matin, fit
esperer à Helene, & à Mendez que la fièvre peut-estre les
secoureroit au besoin. Mótu-
car se sentant si foible, qu'il ne

se pouuoit soustenir, fit sçauoir aux Dames, qu'il ne falloit pas sortir de Guadarra-
ma, qu'il falloit auoir vn Medecin à quelque prix que ce
fust, & prendre de luy tous
les soins imaginables. Cela
fut dit auec autant d'empi-
re & d'authorité, que s'il eust
parlé à des esclaues, & qu'il
eust esté maistre de leurs vies
& de leur bien. La fiévre cependant se rendoit maistresse de son corps, & de son esprit, & l'auoit déja mis en
tel estat, que s'il n'eust de-
mandé souuent à boire, on
eust pû croire qu'il estoit

mort : On murmuroit déja
dans l'hostellerie de ce que
l'on tardoit si long-temps à
le faire confesser, quand Helene & Mendez, qui ne dou-
toient plus que la fiévre ne
l'eust frappé à mort, s'assirent
des deux costez de son lit, où
Helene prit la parole en ces
termes. Si tu te souuiens, nostre cher Montufar, de quelle façon tu as toûjours vescu
auecque moy, à qui tu as toutes les obligations imaginables, & auec Mendez venerable pour son aage & pour sa
vertu ; tu ne te mettras point
à la teste, que j'aille beaucoup

importuner le bon Dieu de
te rendre ta santé : mais quãd
ie la souhaitterois autant que
i'ay suiet de souhaiter ta per-
te, il faudroit tousiours que
sa sainte volonté fust faitte,
& que par vne resignation
parfaitte, ie luy offrisse moy
mesme ce que i'aurois autrefois le plus aymé. Pour te
parler franchement, nous
commencions d'estre si lasses
de ta Tyrannie, que nostre
separation estoit ineuitable,
& si Dieu n'y eust pourueu,
nous eussions de nostre part
fait pour cela, non pas autant
que toy ; car tu vas bien droit

& bien viſte en l'autre monde : mais au moins, euſſions-
nous taſché d'aller en quelque endroit d'Eſpagne, où
nous n'aurions non plus ſon-
gé en toy, que ſi tu n'euſſes
iamais eſté. Au reſte, quelque regret que tu ayes pour
la vie, tu dois eſtre fort ſatis-
fait de ta mort ; Puiſque le
Ciel pour des raiſons incon-
nuës aux hommes, te la donne plus honorable que tu ne
l'as meritée, permettant que
la fiévre te faſſe ce que le
bourreau fait aux meſchans,
qui te reſſemblent, ou la peur,
aux hommes de peu de cœur,

comme tu es : mais mon pauure Montufar, deuant que de
nous separer pour iamais, parle moy sincerement vne fois
en ta vie. Est-il vray que tu
as pretendu que ie demeurerois icy à te seruir de garde?
Hà ne te mets point ces vani-
tez en ta teste, si proche de la
mort. Quand il iroit non seulement de ta santé, mais de
la restauration de tout ton li-
gnage, ie ne demeurerois
pas icy vn quart-d'heure. Fay
toy porter à l'hospital, si ta
maladie tire en longueur, &
puisque tu t'es tousiours bien
trouué des conseils que ie

t'ay donnez, ne mesprise pas
le dernier que ie te donne.
C'est, mon pauure Montufar,
de ne faire point venir de
Medecin, qui ne manquera
pas de te defendre le vin, ne
sçachant pas que cela seul
sans la fiévre, est capable dete
faire mourir en vingt-quatre
heures. Cependant qu'He-
lene parloit, la charitable
mendez tastoit le poulx à
Montufar de temps en temps,
& luy portoit la main au
front, & voyant que sa maistresse ne parloit plus, elle
prit la parolle en cette sorte.
En verité, Seigneur Montufar

vous auez la teste extraordi-
nairement eschauffée, & i'ay
grand peur que ce dernier ac-
cident là ne vous emporte,
sans vous donner le temps de
vous reconnoistre. Prenez
moy dóc ce chapelet, adiou-
ta-t-elle, & me le dites bien
deuotement, en attendant
que le Confesseur vienne. Ce
sera tousiours autant de fait
pour la descharge de vostre
conscience : mais si l'on en
croit les Historiographes du
Greffe Criminel de Madrid,
qui ont si souuent occupé
leurs plumes à decrire vos
proüesses, la vie exemplaire

de voſtre Seigneurie ne l'o-
blige pas à beaucoup de peni-
tence ; outre que Dieu ſans
doute, luy tiendra compte de
la promenade qu'elle fit dans
les principales ruës de Seuille,
aux yeux de tant de monde,
& eſcortée de tant d'archers
à cheual, quaſi de la façon
que l'eſt quelquefois mon-
ſieur le Preuoſt, ſi ce n'eſt
qu'il marche touſiours à leur
teſte, & que vous marchaſtes
lors à leur queuë. Ce qui peut
encore beaucoup ſeruir à voſtre deſcharge, c'eſt le voyage que vous auez fait ſur
mer, où vous auez fait pendant

dant six années entieres,
plusieurs choses agreables à
Dieu, trauaillant beaucoup,
mangeant peu, & voyageant
tousiours ; & ce qui est de
plus considerable, c'est qu'à
peine vous auiez vingt ans,
quand à la grande edifica-
tion du prochain, vous com-
mençeastes ce saint Pelerina-
ge. De plus, adiousta la vieille, il n'est pas croyable que
vous ne soyez point recom-
pensé en l'autre monde, du
soin que vous auez tousiours
eu, que les femmes qui ont
dependu de vous, n'ayent pas
esté oizeuses, ny faineantes,

G

les faisant trauailler & viure,
non seulement du trauail de
leurs mains; mais de tout leur
corps. Au reste, si vous mou-
rez dans vostre lit, vous allez
faire vn plaisant tour au Iuge
de Murcie, qui a iuré son gros
sermét, qu'il vous feroit mourir sur la rouë; qui s'attent à en
auoir le plaisir; & qui sera bien
enragé quand on luy aprédra
que vous estes mort de vous-
mesme, sans l'ayde d'vn tiers.
mais ie m'amuse icy à parler,
sans songer qu'il est temps de
commencer le voyage que
nous auons enuie de faire.
Cependant, nostre cher amy

du temps paſſé, receuez cette derniere ambraſſade d'auſſi bon cœur que ie vous la
donne; car ie croy que nous
ne nous verrons iamais. Mendez luy ietta les bras au cou,
en acheuant ſes paroles; Helene en fit autant, & toutes
deux ſortirent de la chambre, & meſme de l'hoſtelle-
rie. Montufar qui eſtoit ac-
couſtumé à leurs méchantes
railleries; qui ne les en laiſſoit
pas manquer de ſon coſté; &
qui crut que tout ce qu'elles
luy auoient dit, n'eſtoit qu'à
deſſein de le diuertir, les vit
ſortir d'aupres de luy, ſans le

moindre foupçon , fe figurant qu'elles alloient donner
ordre à fes boüillons. Il
fe laiffa en fuite aller à
quelque affoupiffement, qui
n'eftoit pas tout à fait fom-
meil , & qui le tint affez de
temps , pour donner aux
deux Dames , celuy de faire vne grande lieuë deuant
qu'il fuft éueillé. Il les demanda à l'hofteffe , qui leur
dit qu'elles eftoient forties ,
& qu'elles luy auoient ordon-
né de ne l'éueiller point , parce qu'il auoit befoin de dormir , n'ayant pas fermé l'œil
la nuit paffée. Montufar com-

mença deſlors à croire que
les Dames luy auoient parlé
tout de bon. Il iura à faire
abiſmer toute l'hoſtelle-
rie ; il menaça iuſqu'au chemin qu'elles faiſoient , &
iuſqu'au Soleil qui les éclai-
roit. Il ſe voulut leuer pour
prendre ſes habits, & ſe penſa rompre le cou ; tant il ſe
trouua foible. L'hoſteſſe voulut excuſer les Dames , & le
fit le mieux qu'elle pût par
des raiſons ſi impertinentes,
que le malade en penſa enrager , & la querela. Il eſtoit ſi
fâché , qu'il fut vingt-quatre
heures ſans manger , & cette

diete mélée de beaucoup de
colere , luy fut si salutaire,
qu'apres auoir pris vn bouïl-
lon, il se trouua assez fort pour
se mettre en chemin apres
ses esclaues fugitiues. Elles
auoient deux iournées de-
uant luy ; mais deux mules
de loüage qu'on remenoit à
Burgos , seruirent autant à
son dessein qu'elles nuisirent
à celuy des deux fausses Pele-
rines. Il les attrappa à six ou
sept lieuës de Burgos. Elles
pallirent & rougirent en le
voyant, & s'excuserent, si elles le purent faire. Montufar
ne leur parut guere faché,

tant la ioye de les auoir trou-
uées , se fit remarquer sur son
visage. Il rit le premier auec
elles du tour qu'elles luy
auoient fait , & les rasseura si
bien , qu'elles le crurent vn
sot en leur ame. Il leur fit
là - dessus entendre qu'elles
auoient perdu le chemin de
Burgos , & les ayant condui-
tes dans des rochers , où il sçauoit bien qu'il n'alloit iamais
personne , il mit la main à
vne grande dague , pour la-
quelle elles auoient toû-
jours eu beaucoup de respect,
& leur dit fort cruëment,
qu'elles eussent à luy mettre

entre les mains tout ce qu'elles auoient d'or, d'argent, & de pierreries. Elles crurent du commencement, que leurs larmes feroient paſſer l'affaire par accommodement. Helene en verſa beaucoup, luy iettant les bras au cou; mais le Cauallier eſtoit ſi fier de les auoir en ſa puiſſance, qu'il ferma l'oreille à toute negociation, & leur ſignifia encore ſa derniere volonté, ne leur donnant qu'vn demy quart d'heure pour ſe reſoudre. Il fallut donc qu'elles ſacrifiaſſent leurs bources à leur ſalut, ſe defaiſant auec

vne extréme douleur, de ce
qui leur estoit plus cher que
leurs entrailles. La vengeance de Montufar ne s'en tint
pas là. Il leur fit voir des cor-
des, dont il s'estoit pourueu
à dessein, & les en ayant attachées chacune à vn arbre,
vis à vis l'vne de l'autre, il leur
dit, soûriant en traistre, que
sçachant bien qu'elles estoiét
fort negligentes, à faire de
temps en temps quelque pe-
nitence pour leurs pechez, il
leur vouloit donner la discipline de sa main, afin qu'elles se souuinssent de luy dans
leurs prieres. L'Arrest fut

executé sans remise auec
des bra ches de genet ; &
apres q il se fut satisfait aux
despens de leur peau, il s'assit
au milieu des deux patientes,
& se tournant vers Helene,
luy dit à peu prés ces paroles.
Ma chere Helene, ne mesça-
che pas si mauuais gré, de ce
qui se vient de passer entre
nous, que tu ne côsidetes ma
bonne intention, & que chacun est obligé en conscience
de suiure sa vocation : la tien-
ne est d'estre malicieuse ; car
le monde est composé de bien
& de mal, la mienne est de
punir les malices. Tu sçais

mieux que perſonne , ſi ie
m'en acquitte dignement,
& tu dois croire puis que ie
te chaſtie ſi bien, que ie t'ayme de meſme. Si mon deuoir
ne s'oppoſoit point à ma pi-
tié, ie ne laiſſerois pas vne ſi
honneſte & ſi vertueuſe De-
moiſelle toute nuë , attachée
contre vn arbre , à la mercy
du premier paſſant. Ton illu-
ſtre naiſſance que i'ay depuis
peu appriſe , merite vn autre
deſtin; mais auouë,que tu n'é
ferois pas moins que moy,
ſi tu eſtois en ma place. Ce
qu'il y a de plus faſcheux pour
toy , c'eſt qu'ayant eſté ſi pu-

blique, tu feras bien-toſt re-
connuë, & il eſt à craindre
que par maxime de police,
on ne faſſe brûler le méchant
arbre, auquel tu és comme
incorporée, auec le méchant
fruit qu'il porte; mais en re-
compenſe, ſi tu n'as que la
peur de tous les maux que tu
t'és attiré toy-meſme, ils te
feront vn iour tres-plaiſansà
racôter, & aux deſpens d'vne
mauuaiſe nuit, tu auras acquis vne habilité qui éclat-
tera beaucoup parmy toutes
celles que tu as deſia: c'eſt
ma chere Amie, de pou-
uoir dormir debout. Mais la

bonne Mendez pourroit
auec raison se plaindre de
mon inciuilité, si i'estois plus
long-temps à te parler, sans
mesme tourner le visage deuers elle ; & ie manquerois de
plus, à ce que ie dois à mon
prochain, si ie ne luy donnois
pas en charité quelque conseils vtiles à l'estat present de
ses affaires. Elles sont , adiou-
sta-il , & se tournant deuers
Mendez , plus mauuaises que
vous ne pensez ; recomman-
dez-vous donc serieusement
à Dieu, pour la premiere fois,
vostre âge auancé ne peut pas
tenir contre le trauail de cette iournée : & pleust à Dieu,

que vous puſſiez auoir vn
Confeſſeur auſſi facilement,
qu'il eſt vray que vous en
auez beſoin.   Ce n'eſt pas
que voſtre vie exemplaire ne
vous doiue laiſſer l'eſprit en
repos. Vous auez eſté toute
voſtre vie ſi charitable, qu'au
lieu de murmurer des défauts
des autres, vous auez reparé
ceux d'vn nombre infiny de
ieunes filles. Et puis la peine
que vous auez priſe à eſtudier
les ſciences les plus cachées,
ne vous ſeroit-elle comptée
pour rien ? Il eſt vray, que l'in-
quiſition ne vous en a pas ay-
mée dauantage , & meſme

vous a donné des marques
publiques de sa mauuaise volonté: mais vous sçauez qu'elle est composée de sçauants
hommes, & que les person-
nes de mesme mestier se portent enuie. Ils font bien plus,
ils ont fort mauuaise opinion
de vôtre salut: mais quád cela
seroit, auec le téps on s'accou-
stume à tout, & méme en En-
fer, où il ne se peut faire, que
vous ne receuiez beaucoup
d'amitié des habitans du lieu,
ayant si souuent conferé auec
eux pendant vostre vie. I'ay
encore vn mot à vous dire,
i'aurois pû vous chastier d'v-
ne autre maniere ; mais i'ay

songé que les vieilles personnes retournent d'ordinaire en enfance, que vous estes assez vieille pour estre retournée en vostre premier estat d'innocence, & qu'ainsi le foüet cōuenoit mieux à la petite friponerie de ieunesse que vous m'auez faite, que toute autre sorte de chastiment: & là-dessus ie prens congé de vous, vous recommandant le soin de vos cheres personnes. Il s'en alla apres les auoir à son tour bien ou mal raillées, & les laissa plus mortes que viues, non tant de la douleur du chastimét qu'elles auoient

souffert,

souffert , que de ce qu'il
leur auoit tout emporté , &
qu'elles se trouuoient seules,
& attachées à des arbres en
vn lieu , où elles pouuoient
estre mangées des loups. Elles
se regardoient tristemét sans
se rien dire, quand vn liévre
passa entre-elles : a quelque
temps de là , elles virent vn
chien qui estoit sur ses voyes,
& sur celles du chien, vn Cauallier bien monté , & ce Cauallier estoit Dom-Sanche
de Villefagnan, qui estoit venu à Burgos , voir son frere
malade , & luy tenoit lors có-
pagnie en vne maison de cam-

H

pagne qu'il auoit prés de là,
où il estoit venu prendre l'air.
Il trouua estrange de voir
deux femmes ainsi attachées,
& fut bien surpris quand le
visage de l'vne d'elles, luy re-
presenta cette belle Estrangere qu'il auoit veuë à Tolede; qu'il auoit tant cherchée
dans Madrid, & qu'il auoit
depuis tousiours euë dans l'esprit. Comme il auoit eu d'a-
bord vne forte impression,
qu'elle estoit femme de qualité & mariée, il doutoit que
ce fust elle, ne pouuant se persuader qu'elle eust osé prendre la liberté de venir si loin,

en si mauuais équipage : mais
le visage d'Helene qui n'auoit
rien perdu de sa beauté, quoy
que triste & effrayé, luy faisoit croire qu'il auoit enfin
trouué ce qui luy auoit tant
cousté de desirs & d'in-
quietudes. Il se haussa sur les
estriers, & porta sa veuë sur
tous les lieux d'alentour, pour
voir s'il estoit seul , & il fut
assez sot pour craindre, que
ce ne fut vne illusion Diabolique, que Dieu permettroit,
pour le punir de sa sensuali-
té. Helene de son costé , a-
uoit vne pensée qui ne valoit
pas mieux , & auoit grand

peur que le Ciel n'euſt choiſi
ce iour là, pour aſſembler à
l'entour d'elle, tous ceux qui
auoient à luy demander quelque choſe. Dom-Sanche con-
ſideroit Helene fort eſtonné;
elle le regardoit fort inquiet-
tée, chacun attendoit que
l'autre parlaſt, & Dom-Sanche alloit enfin ouurir la con-
uerſation, quand vn Page
vint luy dire, à toute bride,
que Meſſieurs ſes couſins s'en-
tretuoient. Il piqua, ſuiuy du
Page, où il auoit laiſſé ſa compagnie, & trouua quatre ou
cinq yurognes qui ſe diſoient
des injures l'eſpée à la main,

& qui se tiroient de loing des
estocades & des estramaçons,
dont plusieurs arbres voisins,
perdirent de belles & de bonnes branches. Dom-Sanche
enragé de s'estre priué de l'a-
greable vision qu'il venoit
d'auoir, faisoit ce qu'il pouuoit pour accorder promp-
tement ces irreconciliables,
& peu redoutables ennemis:
mais ses raisons, ses prieres,
& ses menaces, eussent esté
de peu d'effet, si la lassitude,
& le vin qui leur troubloit la
veuë, & leur estourdissoit la
teste, ne les eust fait si souuent tomber par terre, qu'en-

fin ils y demeurerent , & y
ronflerent auffi paifiblement,
qu'ils s'eftoient d'abord que-
rellez auec beaucoup de violence. Dom-Sanche repouf-
fa fon cheual vers le bien-
heureux arbre qui luy gardoit l'idole de fon cœur;
mais il fut bien eftonné de n'y
trouuer plus ce qu'il cherchoit , il le regarda de tous
fes yeux, qu'il porta enfuite
par tout où ils pouuoient aller, il ne vit qu'vne trifte fo-
litude: il courut à cheual tous
les lieux voifins , & reuint
vers fon arbre , qui comme
vn arbre qu'il eftoit, ne s'en

émeut pas. Mais comme
Dom-Sanche estoit Poëte,
& mesme Poëte plaintif, il
n'eut pas la mesme indiffe-
rence pour cét arbre insensi-
ble. Voicy donc, apres auoir
mis pied à terre, ce qu'il luy
dit, ou du moins ce qu'il luy
dût dire, s'il est vray qu'il fust
aussi fou que l'on m'a dit qu'il
estoit. O tronc bien-heu-
reux ! puis que tu as esté
embrassé par celle que i'ayme sans la connoistre , &
que ie ne connois que pour
l'aymer. Que tes feüilles se
puissent méler parmy les
Estoilles ; que la hache sacri-

lege n'entame iamais ton ,écorce tendre ; que le tonerre respecte tes rameaux , & les vers de la terre tes racines ; que l'Hyuer t'espargne , le Printemps t'enrichisse , que les plus superbes Pins te portent enuie, & enfin que le Ciel te protege. Cependant que l'honneste Gentilhomme se consommoit en regrets inutiles, ou si vous voulez en regrets poëtiques, qui sont bien de plus grande importáce que les autres, & dont il n'est pas bon de se seruir tous les iours ; ses gens , qui ne sçauoient ce qu'il estoit deuenu,

apres l'auoir cherché quelque temps, le trouuerent, &
se rassemblerent aupres de
luy. Il s'en retourna chez son
frere fort triste, & ie pense
auoir oüy dire qu'il se coucha
sans souper. L'on dira, peut-
estre, que ie laisse icy trop
long-temps le Lecteur en sus-
pens, qui sans doute a impatience de sçauoir par quel en-
chantement Helene & Men-
dez auoient disparu à l'amoureux Dom-Sanche. Qu'on ne
s'en scandalise pas dauantage,
ie m'en vay vous le dire. Montufar se sceut d'abord bon gré
de la iustice qu'il auoit faite:

mais auffi-toft que le feu de fa
vengeance commença de fe
rallentir, fon amour fe rallu-
ma, & luy figura Helene plus
belle qu'il ne l'auoit iamais
veuë. Il fe reprefenta que ce
qu'il luy auoit pris, feroit bien
toft defpencé, & que fa beauté eftoit vn reuenu affeuré
pour luy, tandis qu'il feroit
bien auec elle, dont l'abfence
luy étoit defia infupportable.
Il retourna donc fur fes pas,
& les mefmes mains barbares
qui auoient fi rigoureufe-
ment attaché à des arbres les
deux fugitiues, & qui en fuite les auoient fi cruellement

foüettées , briferent leurs
chaînes , ie veux dire coupe-
rent ou délierent leurs cor-
des, & les remirent en liberté , dans le temps que Dom-
Sanche tâchoit aupres de
là , de mettre la paix entre les
yurongnes de fa compagnie
qui fe faifoient la guerre.
Montufar , Helene & Men-
dez , fe reconcilierent chemin faifant, & apres s'eftre re-
ciproquement promis d'ou-
blier tout fujet de haine, s'em-
brafferent auec autant de ten-
dreffe que de déplaifir, de ce
qui s'eftoit paffé , faifant iu-
ftement comme les Grands,

qui n'ayment & ne haïssent
rien, & qui ajustent ces deux
passions contraires à leur vti-
lité, & à l'estat de leurs affaires. Ils tinrent conseil sur le
chemin qu'ils deuoient prendre. Leur politique ne trouua pas à propos qu'ils allassent
à Burgos, où ils estoient en
danger de se rencontrer auec
le Gentilhomme de Tolede.
Ils choisirent donc Seuille
pour leur retraitte, & il leur
sembla que la fortune ap-
prouuast leur dessein, puis
qu'en entrant dans le grand
chemin de Madrid, ils trouuerent vn Muletier qui y re-

menoit trois mules , dont il
eſtoit le maiſtre , & qu'il ne
fit point de difficulté de leur
loüer iuſqu'a Seuille , à la premiere propoſition que luy en
fit Montufar. Il eut grand
ſoin de regaler les Dames durant le chemin, pour leur faire oublier le mauuais traitte-
ment , qu'il leur auoit fait.
Elles ne s'y fioient au commencement que de bonne
ſorte, & auoient bien reſolu
de ſe venger à la premiere
occaſion ; mais enfin plus par
raiſon d'eſtat, que par vertu,
l'amitié ſe renoüa entre eux
plus ferme que iamais. Ils

considererent que la discorde
auoit ruiné les plus grands
empires , & crurent qu'ils
estoient apparemment nez
l'vn pour l'autre. Ils ne firent
aucun tour de leur mestier
dans le chemin de Seuille;
car ne songeant qu'à changer
de pays pour s'éloigner de
ceux qui les pourroient chercher, ils craignirent de s'atti-
rer de nouueaux embarras,
qui les empeschassent d'aller
à Seuille, où ils auoient à exe-
cuter de grands desseins. Ils
mirent pied à terre à vne
lieuë de la ville, & apres a-
uoir contenté leur Muletier,

y entrerent au commence-
ment de la nuit, & s'allerent
loger dans la premiere hostellerie qu'ils trouuerent. Montufar loüa vne maison, la meu-
bla de meubles fort simples,
& se fit faire vn habit noir,
vne soustane & vn long manteau. Helene s'habilla en deuote, & emprisonna ses cheueux dans vne coëffure de
vieille, & Mendez vestuë en
Beate, fit gloire d'en faire
voir de blancs, & de se charger d'vn gros chapellet, dont
les grains pouuoient en vn
besoin seruir à charger des
fauconneaux. Aux premiers

iours d'apres leur arriuée,
Montufar se fit voir dans les
ruës, habillé, comme ie vous
ay desia dit , marchant les
bras croisez , & baissant les
yeux à la rencontre des femmes. Il crioit d'vne voix à
fendre les pierres , beny soit
le sainct Sacrement de l'Au-
tel, & la bien-heureuse Con-
ception de la Vierge imma-
culée, & plusieurs autres de-
uotes exclamations de la méme force. Il faisoit repeter les
mesmes choses aux enfans
qu'il trouuoit dans les ruës,
& les assembloit quelquefois
pour leur faire chanter des
Hymnes,

Hymnes, des Chanfons de de-
uotion, & pour leur apprendre leur Catechifme. Il ne
bougeoit des prifons, il pré-
choit deuant les prifonniers,
confoloit les vns, & feruoit
les autres, leur allant querir à
manger, & faifant bien fouuent le chemin du marché à
la prifon, vne hotte pefante
fur le dos! O deteftable filou!
il ne te manquoit donc plus
qu'à faire l'hypocrite, pour
eftre le plus accomply fcéle-
rat du monde. Ces actions de
vertu, du moins vertueux de
tous les hommes, luy donnerent en peu de temps la répu-

tation d'vn Sainct. Helene
& Mendez de leur costé, tra-
uailloient à leur canonisa-
tion. L'vne se disoit la mere,
& l'autre la sœur du bien-
heureux Frere Martin. Elles
alloient tous les iours dans les
Hospitaux ; y seruoient les
malades ; faisoient leurs lits,
blanchissoient leur linge ; &
leur en faisoient à leurs despens. Voila les trois plus vi-
cieuses personnes d'Espagne,
l'admiration de Seuille. Il s'y
rencontra en ce temps-là vn
Gentilhomme de Madrid,
qui y estoit venu pour ses
affaires particulieres. Il auoit

esté des amans d'Helene ; car
les publiques n'en ont pas
pour vn seul ; il connoissoit
Mendez pour ce qu'elle estoit,
& Montufar pour vn dange-
reux fripon. Vn iour qu'ils
sortoient d'vne Eglise ensemble, enuironnez d'vn grand
nombre de personnes, qui
baisoient leurs vestemens, &
les conjuroient de se souuenir d'eux dans leurs bonnes
prieres, ils furent reconnus
de ce Gentilhomme, dont ie
viens de parler, qui s'échauf-
fant d'vn zele Chrestien, &
ne pouuant souffrir que trois
si méchantes personnes abu-

saſſent de la credulité de toute vne ville, fendit la preſſe,
& donnant vn coup de poing
à Montufar. Malheureux
fourbes, leur cria-t'il ! ne crai-
gnez-vous ny Dieu ny les
hommes ? Il en vouloit dire
dauantage; mais ſa bonne intention, à dire la verité vn
peu trop precipitée, n'eut pas
tout le ſuccés qu'elle meri-
toit. Tout le peuple ſé ietta
ſur luy, qu'ils croyoient auoir
fait vn ſacrilege; en outra-
geant ainſi leur Sainct. Il fut
porté par terre, roüé de
coups; & y auroit perdu la
vie, ſi Montufar par vne

presence d'esprit admirable,
n'euſt pris ſa protection, le
couurant de ſon corps, écar-
tant les plus échauffez à le
battre, & s'expoſant meſme
àleurs coups. Mes freres, s'é-
crioit-il de toute ſa force, laiſ-
ſez-le en paix pour l'amour
du Seigneur ; appaiſez - vous
pour l'amour de la ſaincte
Vierge. Ce peu de paroles
appaiſa cette grande tempeſte, & le peuple fit place à
Frere Martin, qui s'approcha
du malheureux Gentilhom-
me, bien aiſe en ſon ame, de
le voir ſi mal traitté ; mais
faiſant paroiſtre ſur ſon viſa-

ge , qu'il en auoit vn extréme
déplaifir. Il le releua de terre
où l'on l'auoit ietté; l'embraf-
fa , & le baifa tout plain qu'il
eftoit de fang & de bouë, &
fit vne rude reprimende au
peuple. Ie fuis le méchant,
difoit-il , à ceux qui le vou-
luront entendre; ie fuis le pe-
cheur; ie fuis celuy qui n'ay
iamais rien fait d'agreable aux
yeux de Dieu. Penfez-vous,
continuoit-il, parce que vous
me voyez veftu en homme de
bien , que ie n'aye pas efté
toute ma vie vn larron ? le
fcandale des autres, & la per-
dition de moy-mefme ? Vous

estes trompez , mes freres:
Faites, faites-moy le but de
vos injures, & de vos pierres,
& tirez sur moy vos espées.
Apres auoir dit ces paroles,
auec vne fausse douceur , il
s'alla ietter auec vn zele encore plus faux , aux pieds de
son ennemy , & les luy bai-
sant, non seulement, il luy de-
mâda pardon; mais aussi il alla
ramasser son espée , son manteau & son chapeau, qui s'e-
stoient perdus dans la confusion. Il les rajusta sur luy , &
l'ayant remené par la main
iusqu'au bout de la ruë, se se-
para de luy, apres luy auoir

donné plusieurs embrasse-
mens, & autant de benedi-
ctions.   Le pauure homme
estoit comme enchanté, &
de ce qu'il auoit veu, & de ce
qu'on luy auoit fait, & si plein
de confusion, qu'on ne le vit
plus paroistre dans les ruës,
tant que ses affaires le retin-
drent à Seuille. Montufar cependant, y auoit gagné les
cœurs de tout le monde, par
cét acte d'humilité contrefai-
te.   Le peuple le regardoit
auec admiration, & les enfans crioient apres luy, *Au*
Saint, *au Saint*, comme ils
eussent crié, *au Renard* apres

son ennemy , s'ils l'eussent
trouué dans les ruës. Dés ce
temps-là , il commença de
mener la vie du monde la plus
heureuse. Le grand Seigneur,
le Cauallier , le Magistrat &
le Prelat , l'auoient tous les
iours à manger , à l'enuy les
vns des autres. Si on luy demandoit son nom , il respon-
doit qu'il estoit l'animal, la
beste de charge , le cloaque
d'ordures , le vaisseau d'ini-
quitez, & autres pareils attri-
buts, que luy dictoit sa deuo-
tion estudiée. Il passoit les
iours sur les estrades , auec les
Dames de la ville , se plaignât

incessamment à elles de sa tie-
deur, qu'il n'estoit point bien
dans son neant, qu'il n'auoit
iamais assez de concentration
de cœur, ny de receuillement
d'esprit ; & enfin, ne leur par-
lant iamais qu'en ce magnifique jargon de la cagotterie.
Il ne se faisoit plus d'aumos-
nes dans Seuille, qui ne pas-
sassent par ses mains , ou par
celles d'Helene & de Men-
dez , qui de leur costé ne
joüoient pas moins bien leurs
personnages, & dont les noms
n'alloient pas moins droict,
prendre place dans le Calen-
drier que celuy de Montufar.

Vne vefve, Dame de condi-
tion, & deuote à vingt-quatre carras, leur enuoyoit châ-
que iour deux plats pour leur
difner , & autant pour leur
foupper, & ces plats eftoient
affaifonnez par le meilleur
Cuifinier de la ville. La maifon eftoit trop petite pour le
grand nombre de prefens qui
y entroient, & de Dames qui
les vifitoient. La femme qui
auoit enuie d'eftre groffe, leur
mettoit entre les mains fa re-
quefte , afin qu'ils la prefen-
taffent deuant le tribunal de
Dieu, en diligence, & la fiffent refpondre de mefme.

Celle qui auoit vn fils aux Indes, n'en faisoit pas moins, non plus que celle, dont le frere estoit prisonnier en Alger. Et la pauure vefue, qui plaidoit deuant vn Iuge ignorant, contre vn homme puissant, ne doutoit plus du gain de sa cause, depuis qu'elle leur auoit fait vn present selon ses forces. Les vnes leur donnoient des confitures, les autres des tableaux, & des ornemens pour leur Oratoire. Quelquesfois on leur donnoit du linge blanc, & des hardes pour les pauures honteux, & souuent des sommes

d'argent confiderables, pour
les diftribuer felon qu'ils iu-
geroient à propos. Perfonne
ne les venoit voir les mains
vuides, & perfonne ne doutoit plus de leur canonifation
future. On en vint iufqu'à
les confulter fur les chofes
douteufes, & fur l'auenir.
Helene qui auoit de l'efprit
comme vn Demon, auoit
foin des refponfes, & rendoit
tous fes oracles en peu de paroles, & en termes, qui pouuoient auoir diuerfes inter-
pretations. Leurs lits fort
fimples, n'eftoient le iour
couuerts que de nattes, & la

nuit, de tout ce qu'il falloit
pour dormir delicieusement;
leur maison estant bien gar-
nie de mattelas de laine, de
bons lits de plumes, de cou-
uertures fines, & de toutes
sortes de meubles qui seruent
à la commodité de la vie, ou
pour donner à la vefue, dont
les meubles auoient esté exe-
cutez, ou pour meubler la
ieune fille, qui se marioit sans
bien. Leur porte en Hyuer se
fermoit à cinq heures, & en
Esté à sept, auec autant de
ponctualité qu'en vn Con-
uent bien reglé, & alors les
broches tournoient, la casso-

lette s'allumoit, le gibier se
rostissoit, le couuert se mettoit bien propre, & l'Hypocrite triumuirat , mangeoit
de grand' force, & beuoit va-
leureusement à leur propre
santé, & à celles de leurs dup-
pes. Montufar & Helene cou-
choient ensemble de peur des
esprits , & leur valet & leur
seruante, qui estoient de méme complexion, les imitoiét
en leur façon de passer la nuit.
Pour la bonne femme Men-
dez , elle couchoit tousiours
seule, & estoit bien plus con-
templatiue qu'actiue, depuis
qu'elle s'estoit adonnée aux

sciences noires. Voilà ce qu'ils
faisoient au lieu de l'Oraison
mentale, ou de se donner la
discipline. Il ne faut pas demander, s'ils auoient de l'em-
bon-point , menant vne si
bonne vie. Chacun en benis-
soit le Seigneur , & ne pouuoit trop s'estonner , de ce
que des gens qui viuoient si
austerement , auoient meilleur visage que ceux qui viuoient dans le luxe, & dans
l'abondance.　　En trois ans
qu'ils tromperent les yeux de
tout le peuple de Seuille, re-
ceuant des presens de tout le
monde , & s'appropriant la
pluspart

plufpart des aumofnes, qui
paffoient par leurs mains, ils
amafferent vne quantité de
piftoles qui n'eft pas croyable. Tous les bons fuccez
eftoient attribuez à l'effet de
leurs prieres. Ils eftoient par-
rains de tous les enfans, les
entremetteurs de toutes les
nopces, & les arbitres de tous
les differens. Enfin, Dieu fe
laffa de fouffrir leur mauuaife vie. Montufar qui eftoit
colere, battoit fouuent fon
valet, qui ne le pouuoit fouffrir, & qui l'euft cent fois
quitté, fi Helene qui eftoit
plus politique que fon galant,

K

ne l'euſt appaiſé par des careſ-
ſes & des preſens. Il le battit
vn iour beaucoup pour peu
de ſujet. Le garçon gaigna la
porte, & aueuglé de ſa paſ-
ſion, alla donner auis aux Ma-
giſtrats de Seuille, de l'hypo-
criſie des trois bien-heureu-
ſes perſonnes. L'eſprit Diabolique d'Helene s'en douta.
Elle conſeilla à Montufar de
prendre tout l'or qu'ils auoiēt
en grande quantité, & de ſe
mettre quelque part à couuert de la furieuſe tempeſte
qu'elle craignoit. Auſſi-toſt
dit, auſſi-toſt fait. Ils ſe char-
gerent de tout ce qu'ils auoiēt

de plus pretieux ; & faisant
bonne mine dans les ruës,
sortirent par vne des portes
de la ville, & rentrerent par
vne autre, pour mettre en
deffaut ceux qui les pourroient suiure. Montufar auoit
gagné les bonnes-graces d'v-
ne veufve, aussi vicieuse &
aussi hypocrite que luy ; il en
auoit fait confidence à Helene, qui n'en auoit point esté
ialouse, comme Montufar
ne l'eust point esté d'vn galant
qui eust esté vtile au bien de
la communauté. Ce fut là
qu'ils se retirerent, & où ils
furent cachez auec secret, &

regalez auec luxe ; la veufue
aymant Montufar à cause de
luy mesme , & Helene à cause
de Montufar. Cependant, la
Iustice conduite par le vindi-
catif valet de Montufar, s'e-
stoit transportée dans la maison de nos Hypocrites ; y
auoit cherché les bien-heu-
reux enfans, & leur glorieu-
se mere ; & ne les ayant point
trouuez , & n'en pouuant apprendre de nouuelles de la
seruante qui ne sçauoit point
où ils estoient allez, auoit fait
sceeller tous les coffres, & fait
inuétaire de tout ce qui estoit
dans la maison. Les Sergens

trouuerent dans la cuifine de
quoy fe regaler pour plus
d'vn iour , & ne laifferent
point en danger de fe perdre,
ce qu'ils peurent s'approprier
fans témoins. Là deffus la
vieille Mendez entra dans la
maifon, bien éloignée de s'i-
maginer ce qui s'y paffoit.
Les Sergens, la faifirent & la
menerent en prifon auec vn
grand concours de peuple.
Le valet & la feruante y furent retenus auec elle, & ayãt
trop parlé comme elle, furent
condamnez, comme elle , à
deux cens coups de foüet.
Mendez en mourut à trois

iours de là, parce qu'elle estoit
trop vieille , pour vne si ri-
goureuse esprouue , & le valet
& la seruante, furent bannis
de Seuille pour toute leur vie;
ainsi la preuoyante Helene
garantit son cher Montufar,
& se garantit aussi des mains
de la Iustice, qui les fit chercher en vain, & dedans, & de-
hors la ville. Le peuple fut
honteux d'auoit esté trom-
pé ; & les chantres des Carre-
fours, qui s'estoient enroüez
à chanter leurs loüanges, firent trauailler leurs Poëtes à
gages, contre les faux Beats.
Ces insectes de Parnasse, épui-

serent sur ce sujet, leur veine
diffamatoire, & les chansons
qu'ils firent au desauantage
de ceux dont il n'y auoit pas
long-temps que le peuple s'e-
stoit fait des idoles, se chan-
tent encore dans Seuille. montufar & Helene, prirent le
chemin de Madrid, aussi-tost
qu'ils le purent faire seure-
ment, & y entrerent riches,
& mariez ensemble. Ils tâ-
cherent d'abord d'apprendre
des nouuelles de Dom-San-
che de Villefagnan, & ayant
sceu qu'il n'estoit point à Madrid, y parurent en public,
luy aussi bien vestu qu'aucun

homme de la Cour , & elle
auec vn équipage de Dame
de condition , & belle côme
vn Ange. Elle ne s'estoit mariée à Montufar, qu'à condition, que comme vn mary de
bon fens,& de grande patience , il ne trouueroit point à
redire aux visites que sa beauté luy attireroit , & elle s'o-
bligeoit de son costé de n'en
receuoir point que d'vtiles.
Les entremetteuses , autrement maquignonnes de Da-
mes, autrement marchandes
de chair humaine, maquerel-
les en langage vulgaire , &
pour en parler plus honora-

blement, femmes d'intrigue,
commécerent à prendre foin
de la conduitte d'Heleine. Elles la faifoient paroiftre, vn
iour à la Comedie, l'autre au
cours, & quelquefois dans la
grand'ruë de Madrid, à la portiere d'vn caroffe, d'où regar-
dant les vns, riant aux autres,
& ne congediant perfonne,
elle fe fit en moins de rien vne
chiorme d'amants tranfis, capable d'armer vne Galere.
Son cher Mary fe tenoit reli-
gieufement aux claufes de
fon contract, il encourageoit
les amants timides de fa femme, par fes douces façons de

faire, & les luy menoit comme par la main, accommo-
dant, & discret à tel point,
qu'il feignoit tousiours quelque affaire pressée, pour les
laisser seuls auec elle. Il ne faisoit connoissance qu'auec des
hommes riches, & de despence, & n'entroit iamais dans
sa maison, qu'il n'eust esté as-
suré par vn signal qui paroissoit à la fenestre lors que la
maistresse du logis estoit em-
pesché, qu'il y pouuoit entrer sans rien gaster, & si le signal luy en deffendoit l'en-
trée, il s'en alloit gay comme
vne personne de qui les affai-

res se font en son absence, passer vne heure de temps dans
quelque academie de jeu, ou
tout le monde le caressoit à
cause de sa femme. Entre
ceux qu'Helene se rendit tri-
butaires, il se rencontra vn
Gentil-homme de Grenade,
qui surpassa tous ses concur-
rens en excez d'amour & de
despence. Il estoit de si bonne maison, que les tiltres de
sa noblesse se pouuoient trouuer dans les archiues de la ville capitale de Iudee, & ceux
qui auoient connoissance particuliere de sa race, assuroient
que ses ayeuls auoient tenu le

Greffe criminel de Hierusa-
lem deuant, & apres Caiphe.
L'amour qu'il eut pour Helene luy fit tirer en peu de
temps vn grand nombre de
piſtoles hors de l'obſcure pri-
ſon où il les auoit empriſon-
nées vne à vne. En peu de
temps la maiſon d'Heleine
fut la mieux meublée de Madrid. Vn caroſſe , dont elle
n'auoit point la peine de
nourrir les cheuaux, ſe trouuoit tous les matins à ſa porte;
y receuoit ſes ordres; & rou-
loit iuſqu'à la nuit pour ſon
ſeruice. Cet amant prodigue
luy loüa vne loge à la Come-

die pour toute l'année, & il
ne se passoit guere de iour,
qu'il ne fit preparer quelque
magnifique collation pour elle, & pour ses amies dans les
maisons de plaisir, qui sont
aux enuirons de la ville. Montufar y contentoit à souhait sa
gloutonnie naturelle, & vestu comme vn Prince, & en
argent comme vn Financier,
il mangeoit tous les iours en
François, & beuuoit en Ale-
mand. Il auoit de grandes
defferences pour le liberal
Grenadin, & n'estoit pas chi-
che de remercimens enuers la
fortune. Mais le vent se chan-

gea, & fit éleuer vne horrible
tempeste. Helene souffroit
les visites d'vn ieune homme de ces braues de ville, qui
ne le sont iamais à la campagne ; qui viuent aux despens
de quelque miserable courtisanne qu'ils tyrannisent ; qui
vont tous les iours à la Comedie pour y faire du bruit ; &
qui toutes les nuits faussent
leurs espées, & leur font des
bresches contre les murailles,
jurant le matin qu'ils ont eu
vne furieuse rencontre auec
leurs ennemis. Montufar fit
sçauoir plusieurs fois à Helene que cette cónoissance mu-

tile ne luy plaisoit pas. Elle
ne s'en defit point pour tout
ce qu'il luy en pût dire. Montufar s'en offença, & pour se
satisfaire luy mesme, fit sen-
tir à Helene le mesme châti-
ment que la deffunte Men-
dez & elle, auoient autrefois
souffert dans les montagnes
de Burgos. Helene se feignit
facile à la reconciliation, & se
determina à la vengeance.
Pour mieux venir à bout de
son dessein, elle luy fit huit
iours durant tant de caresses,
que Montufar ne douta plus
qu'elle ne fust de ces femmes
qui adorent leurs Tyrans,

& maltraittent leurs adora-
teurs. Vn iour que le Grenadin deuoit souper auec eux,
& qu'à cause d'vne affaire qui
luy suruint, il ne put manger
en tiers l'excellét souper qu'il
leur auoit fait preparer. Montufar & Helene burent teste à
teste à la santé de celuy qui
leur faisoit tant de bien. Montufar s'enyura à son ordinaire,
& sur la fin du repas voulut
taster d'vne bouteille d'hipo-
cras ambré, que le Grenadin
leur auoit enuoyé par excel-
lence. On n'a pas bien sçeu,
si Helene, qui l'auoit décoif-
fée deuant le souper, y auoit
adiousté

adiousté quelque drogue nui-
sible. Tant y a , qu'vn peu
apres que Montufar l'eust vui-
dée, il sentit vne ardeur estrange dans les entrailles , & en
suite des douleurs insuppor-
tables. Il se douta qu'il estoit
empoisonné, & courut vers
son espée, dans le mesme téps
qu'Helene courut vers la porte, pour éuiter sa fureur. Montufar alla dans sa chambre, où
il pensoit qu'elle se fust sau-
uée, & la cherchant tout fu-
rieux, il découurit en leuant
vne tapisserie, le ieune galant
d'Helene , qui luy passa son
espée au trauers du corps,

L

Montufar demy-mort, le prit
à la gorge. Au cris des domeftiques, qui faifoient vn bruit
diabolique, la Iuftice entra
dans la maifon, fur le point
que l'homicide efperoit de fe
fauuer, apres auoir acheué
Montufar à coups de poi-
gnard. Cependant Helene,
qui auoit gagné la ruë, & qui
ne fçauoit où elle alloit, entra
dans la premiere porte qu'elle trouua ouuerte. Elle vit de
la lumiere dans vne falle baffe, & vn Cauallier qui s'y pro-
menoit. Elle alla fe ietter à
fes pieds, pour implorer fon
affiftance, & fa protection; &

fut bien eſtonnée de le recon-
noiſtre pour Dom-Sanche de
Ville-fagnan, qui ne fut pas
moins ſurpris de la reconnoi-
ſtre pour l'idole de ſon cœur,
qui luy apparoiſſoit pour la
quatriéme fois. Dom-San-
che, s'eſtoit depuis peu brouil-
lé auec ſa femme, qui s'eſtoit
fait ſeparer de corps & de
biens d'auec luy, à cauſe de
ſes mauuais traittemens, &
de ſes débauches. Il auoit
obtenu de la Cour, vne com-
miſſion pour aller faire vne
nouuelle colonie dans les Indes, & il deuoit bien-toſt
s'embarquer à Seuille. Tan-

dis qu'Helene luy dit cent
menteries, & qu'il est rauy de
la voir disposée à le suiure
dans son voyage, la Iustice
fait pendre l'assassin de Montufar ; fait chercher Helene
dans Madrid ; & se saisit de
tout ce qui estoit dans la maison. Dom-Sanche & Helene,
allerent heureusement aux
Indes, où il leur est arriué des
auentures, qui ne peuuent
tenir dans vn si petit volume,
& que ie promets au public,
sous le tiltre de la parfaite
Courtisanne, ou de la Laïs
moderne, si peu qu'il témoi-
gne auoir enuie de les apprendre. FIN.

PRIVILEGE DV ROY.

LOVIS par la grace de Dieu, Roy de France & de Nauarre : A nos amez & feaux Conseillers, les Gens tenans nos Cours de Parlemens, Preuosts, Baillifs, Seneschaux, ou leurs Lieutenans, & autres nos Iusticiers & Officiers qu'il appartiendra, Salut. Nostre cher & bien amé ANTOINE DE SOMMAVILLE, Marchand Libraire en nostre bonne Ville de Paris, Nous a fait remonstrer, qu'il auroit recouuré vn Liure intitulé, *Les nouuelles Tragicomiques, tournées de l'Espagnol en François par le Sieur SCARRON* ; lesquelles il desiroit faire imprimer, s'il auoit sur ce nos Lettres de permission, humblement nous requerant icelles : A CES CAVSES, desirant fauorablement traitter l'Exposant, & luy donner moyen de recouurer les frais qu'il luy conuient faire pour ladite impression : Nous luy auons permis & permettons par ces presentes, d'im-

primer ou faire imprimer, vendre & di-
ſtribuer ledit Liure, par toutes les Ter-
res de noſtre obeïſſance, durant le tẽps
de neuf ans, entiers & accõplis, à compter du iour que ladite impreſſion ſera
acheuée d'imprimer : Faiſant tres-ex-
preſſes inhibitions & deffenſes, à tous
autres Libraires ou Imprimeurs, de con-
trefaire ledit Liure, ny en vendre aucun
de contrefaits durant ledit temps, ſans
le conſentement de l'Expoſant, ou de
ceux qui aurõt droit de luy, ſous pretex-
te d'augmentation, changement de tiltre ou autremẽt, à peine de quinze cens
liures d'amende ; applicable vn tiers à
Nous, vn tiers à l'Hoſtel-Dieu de Paris,
& l'autre tiers à l'Expoſant, & en tous
ſes deſpens, dommages & intereſts, à la
charge d'en mettre deux exemplaires
en noſtre Bibliotheque publique, & vn
en celle de noſtre tres-cher & feal le
Sieur Molé, Cheualier Garde des Sceaux
de France ; & faire regiſtrer les preſen-
tes ſur le Regiſtre de la Communauté
des Marchands Libraires de cette Ville

de Paris, suiuant l'Arrest du Parlement, du neufiéme Avril 1653. auant que de l'expofer en vete, à peine de nullité des prefentes. Si vous mādons que du contenu en ces prefentes, vous faffiez & laiffiez ledit Expofant, iouïr & vfer pleinement & paifiblement, ceffant & faifant ceffer tous troubles & empefchemens au contraire. Mandons en outre au premier noftre Huiffier ou Sergent, faite pour l'execution des prefentes, tous exploits requis & neceffaires, fans demander autre Congé ny Parcatis, qu'en mettant au commencement ou à la fin dudit Liure, l'Extraict des prefentes, elles foient tenuës pour deuëment fignifiées, & qu'à la collation d'icelles, faite par l'vn de nos amez & feaux Confeillers & Secretaires, foy foit adiouftée comme à l'Original: CAR tel eft noftre plaifir. DONNE' à Paris le vingt-troifiéme iour d'Avril, l'An de grace mil fix cens cinquante-cinq. Et de noftre Regne le douziéme. Par le Roy en fon Confeil, BERAVD.

*Registré sur le Liure de la Communauté,
le vingt-septiéme Avril 1655. conformé-
ment à l'Arrest du Parlement, du neufiéme
Avril 1653. Signé, B ALARD.*

⁂ ⁂ ⁂ ⁂ ⁂ ⁂ ⁂ ⁂ ⁂ ⁂ ⁂ ⁂

Acheué d'imprimer pour la premiere
fois, le vingt-sixiéme Octobre
mil six cens cinquante-cinq.

Les Exemplaires ont esté fournis.